TROPEN

ALAN, DER GLÜCKSPILZ

JONATHAN LETHEM

STORIES

AUS DEM AMERIKANISCHEN VON
JOHANN CHRISTOPH MAASS

Tropen
www.tropen.de
Die Originalausgabe erschien unter dem Titel »Lucky Alan and Other Stories«
im Verlag Doubleday, New York

Printed in Germany
Cover: Zero Media GmbH, München
U1: © Stocksy/J. Márquez
Motiv U4 und Bezug U4 : © Finepic®, München
Gesetzt von Dörlemann Satz, Lemförde
Gedruckt und gebunden von CPI – Clausen & Bosse, Leck
ISBN 978-3-608-50155-1

Für Desmond Brown

INHALTSVERZEICHNIS

ALAN, DER GLÜCKSPILZ

In den Monaten, nachdem ich bei ihm vorgesprochen hatte, begegnete ich dem legendären Theaterregisseur Sigismund Blondy im Kino, in beinahe leeren Donnerstagsmatineen, wo mittelmäßige Filme ihre Erstaufführung erlebten – *Kaltes Land, Die Hochzeits-Chrasher* – in den verfallenden Sälen der Upper East Side, wo wir beide lebten: dem Crown, dem Clearview, dem Gemini; große Räume, in asymetrische Hälften gehackt oder durch den Balkon sogar geviertelt. Blondy sah sich jeden Nachmittag einen Film an, so sagte er, und konnte zu jedem Titel, der einem nur einfiel, eine peinlich genaue Bewertung abgeben – meist vernichtender Natur, obgleich ich mich seiner feierlich-anerkennenden Worte zu *A Sound of Thunder* entsinne, einem Zeitreise-Film mit Ben Kingsley, dessen Spiel ihm gefallen hatte. Ich sah Blondy, wenn das Licht wieder anging – allein, den roten Schal und fahl-eleganten Mantel über den Sitz neben sich ausgebreitet, die langen Beine über Kreuz – unverhohlen erfreut, mir bereits zuwinkend, wenn er mich zuerst gesichtet hatte. Blondy trug Graubraun und Pastelltöne, Cordhosen oder Pluderhosen wie ein Tänzer; im Winter hatte er Löcher in den Strickhandschuhen, im Sommer trug er einen billigen Panamahut. Er ragte hoch auf, bewegte sich geschmeidig und plötzlich und verschwand für gewöhnlich, bestand das Risiko, dass man ihn jemandem vorstellen könnte. Bald fing ich an, nach Blondy Ausschau zu halten, wann immer ich ein Kino betrat, egal ob allein oder nicht. Häufig entdeckte ich ihn. Nebeneinander saßen wir nie.

Falls sein Dasein als Multiplex-Stammgast nicht so recht zu Blondys Ruf als verehrtem Maestro einer speziellen Form des Miniatur-Theaters passte (namentlich *Krapps letztes Tonband*, aufgeführt im Fahrstuhl eines Bürogebäudes aus der Vorkriegszeit, der während der Vorstellung auf- und abfuhr, mit Blondy selbst als Krapp, für ein zusammengepferchtes Publikum von jeweils fünf oder sechs), spielte das keine Rolle, da dieser Ruf kaum in Blüte stand. Ich hatte bei ihm vorgesprochen – mich eigentlich eher bloß mit ihm unterhalten – für eine Rolle in einer Repertoire-Produktion einiger der *One Thousand Avant-Garde Plays* von Kenneth Koch. Dianne West saß mit uns im Hinterzimmer des italienischen Restaurants in SoHo, wo der Koch-Zyklus aufgeführt werden sollte und wo dieses evaluative Tête-à-Tête stattfand. Nüchtern verfolgte sie unser Gespräch, ihre nicht weiter kommentierte Anwesenheit war symptomatisch für Blondys Zelig-artige Infiltration der kulturellen Stadtlandschaft. Nur Wochen später erfuhr ich, dass Blondy sich mit dem Eigentümer des Restaurants überworfen und damit das Vorhaben auf Grund gesetzt hatte. Ich hatte gewartet, monatelang, war davon ausgegangen, dass das Projekt wiederbelebt werden würde. Irgendwann hatte ich dann angenommen, ersetzt worden zu sein und mit einem halben Auge die *Times* im Blick behalten und auf eine Ankündigung gewartet. Aber der Koch war nirgends aufgetaucht und auch nichts anderes. Womöglich war Blondys Lauf zu Ende. Vielleicht hing er aber auch nur vorübergehend in der Luft, vollständig in seinen Grübeleien verloren.

Und dann, in den darauffolgenden Monaten, war er nach und nach zu meinem Kino-Doppelgänger geworden.

Offiziell besiegelt wurde das Ritual, als er mich zum ersten Mal nach dem Film auf ein Glas Rotwein einlud, so als ginge es an diesem Nachmittag ohnehin eigentlich just darum. Zur Schlummerstunde saßen wir in irgendeiner Weinbar an der Madison oder Second Avenue, unvermeidbarerweise neben jenen, die auf ihre Verabredungen zum Abendessen warteten, jenen, die selbst mir das Gefühl gaben, alt zu sein. Ob Blondy sich je alt fühlte, konnte ich nicht abschätzen. Seine Pomphaftigkeit, die Kehrtwende-Anekdoten, seine Verachtung gegenüber naheliegenden Meinungen, legte dies nicht nahe, sondern führte bloß dazu, ihm höchste Bewunderung zu zollen. Was ich tat. Blondy glich einem Schlittschuhläufer, der seinen eigenen Fluss hinaufglitt, ein gefrorenes Band, auf das der Rest von uns womöglich einen Blick erhaschte, von der Eisbahn aus, wo wir zu blecherner Musik im Kreis fuhren. Als wir zum ersten Mal gemeinsam aus dem Kino kamen, noch bevor wir ein Glas geleert hatten, erzählte ich ihm, ich hätte mit der Schauspielerei aufgehört. Blondys vertrauliches Lächeln schien, auf nicht unsympathische Weise, sagen zu wollen, dass das sicher das Beste war. Wir sprachen selten über den Film, den wir gerade gesehen hatten; stattdessen diskutierten wir große Kunstwerke – die Rothko-Retrospektive, Fassbinders *Berlin Alexanderplatz*, Durells *Alexandria-Quartett*, was auch immer Gegenstand seiner derzeitigen Obsession war. Nachdem ich nach zwei oder drei Gläsern auf leeren Magen beduselt war – Blondy ließ sich nie eine Wirkung anmerken –, verabschiedeten wir uns auf dem Gehsteig.

Als mir irgendwann auffiel, dass ich Sigismund Blondy eine Weile nicht mehr gesehen hatte, hätte ich nicht sagen können, wie lange das nun her war. Vier Monate? Acht? Mir schien, als wäre er im Löchrige-Handschuhe-und-roter-Schal-Modus gewesen, als wir zum letzten Mal aus einem Kino hinaus- und in eine Bar hineingehuscht waren, was aber nicht sonderlich bei der Eingrenzung half. Auch jetzt bewegten wir uns erneut auf Schal-Wetter zu. Vielleicht hatte Blondy den Sommer irgendwo anders verbracht – Provincetown? – und sich entschieden, nicht zurückzukehren, und eine ortsansässige Gruppe engagiert, um in einer Hafenarbeiterkneipe oder im Foyer einer Kegelbahn Theaterstücke zu inszenieren. Sig Blondy, der große Fisch in einem kleinen Teich? Mir war kein vollkommenerer New Yorker bekannt, weshalb ich anfing, mir Sorgen zu machen.

Unsere beiden gemeinsamen Bekannten konnten unmöglich wissen, dass der Regisseur und ich gemeinsam Nachmittage verbrachten, aber als ich sie anrief – der erste hatte Blondys Nummer nicht und der zweite eine, die er für »die alte Nummer« hielt, doch dann fand er eine weitere, die er zu probieren empfahl –, war keiner auch nur interessiert genug, um nachzufragen, warum ich ihn überhaupt aufstöbern wollte. Vielleicht erinnerte man sich in letzter Zeit weniger gut an Blondy, als ich vermutet hatte. Blondy, höchstwahrscheinlich Anfang sechzig, war mir immer beängstigend vital erschienen, aber in dem Alter konnte es auch plötzlich bergab gehen. War ich, ohne es zu merken, auf irgendein stilles Abkommen gestoßen, geschlossen zwischen den stolzen Junggesellen Manhattans, sich gegenseitig Rückendeckung zu geben? In meiner rasch erblühenden Phantasie wurde aus Blondy ein armer Tropf, aus mir selbst ein Retter in der Not. Ich wählte die Nummer. Blondys Anrufbeantworter sprang gleich beim ersten Klingeln an. Ich hatte mir schon gedacht, dass er eher alte Schule war und erstmal horchte, wer überhaupt anrief.

»Grahame«, sagte er und unterbrach meine Nachricht. Sein Tonfall war generös, so als gratuliere er mir zu meinem Namen.

Ich hatte um Worte gerungen, um meine Besorgnis bündig zum Ausdruck zu bringen, versuchte nun aber, in die Defensive gedrängt, einen Witz zusammenzustoppeln. Sein Vergnügen, den Hörer mitten in meinem Gestammel abgehoben zu haben, hatte etwas von seiner Freude über unsere früheren, doppelbödigen Begegnungen in Kino-Foyers, bevor wir begonnen hatten, miteinander etwas trinken zu gehen. Was ich nun sagte, war: »Gehen Sie überhaupt nicht mehr ins Kino, oder ist Ihnen der Seniorenrabatt peinlich?«

»Oh, und ob ich gehe. Jeden Nachmittag. Bloß nicht mehr im alten *Gähn-tri*-Viertel.«

»Sie fehlen mir«, platzte ich heraus.

Er sei nach Downtown gezogen, erklärte er, in die Minetta Street. Versteckspiel vor aller Augen, so nannte er es. In der Vergangenheit hatte er immer wieder von seiner innigen Zuneigung zu dem Block an der Seventy-eighth Street gesprochen, wo er jahrzehntelang in einer Schnäppchenwohnung mit stabiler Miete die Stellung gehalten hatte, von seinem anhaltenden Entzücken über die Völker der Hundeausführer und Kindermädchen, mit denen er dort Kontakt gehabt habe, und einmal die Upper East Side als »die letzte Bastion des wahren Manhattan« bezeichnet. Aber ich bekam keine Gelegenheit, mich zu erkundigen, warum er ihr den Rücken gekehrt hatte. »Ich habe ein paar Fragen an Sie«, sagte er. »Wann könnten Sie hier sein?«

»Fragen?«

»Besser als das, einen *questionnaire*. Sie werden schon sehen.«

»Sie möchten, dass ich in die Minetta Street komme? Heute?«

»Nun, das Film Forum bringt heute Mizoguchi – *Ugetsu – Erzählungen unter dem Regenmond*. Schon mal gesehen?« Etwas in seinem Drangsalieren und Bezirzen erinnerte an den Regisseur in ihm, und in meiner Natur lag es, nehme ich an, dirigiert zu werden.

¶

Ich war von *Ugetsu* überrascht. Als wir den Film nach der Vierzehn-Uhr-fünfzehn-Matinee diskutierten, während wir auf der Sixth Avenue nach einem Restaurant mit passender Bar Ausschau hielten, sagte Blondy, er habe jahrelang das Gefühl gehabt, dass zwei Szenen gegen Ende des Films von der idealen Reihenfolge abwichen – der einzige Fehler, wie er stets gedacht hatte, in einem perfekten Kunstwerk –, aber heute, im Film Forum sitzend und darauf wartend, den Fehler zu sehen, dessen er sich einst so sicher gewesen sei, habe er ihn nicht entdecken können. »Das Lächerliche ist, dass ich all die Jahre herumgerannt bin in der festen Annahme, ich wüsste es besser als Mizoguchi! So als hätte ich mich selbst gegen die Perfektion des Films verteidigen müssen.« Ich war tief beeindruckt, so wie ich es womöglich auch sein sollte, von der Gewissenhaftigkeit, mit der er sich den Dingen widmete, die ihm wichtig waren. Gleichzeitig war ich wahrscheinlich von dem Wandel innerhalb unserer Freundschaft beeindruckt. Wir hatten uns einen Film angesehen, der Blondy wichtig war, keinen Trash, und zum ersten Mal im Saal nebeneinander gesessen, so dass ich Blondys schwachen, aber unverkennbaren Geruch nach Hund wahrnehmen konnte. Ich hatte das Gefühl, irgendwie in Blondys Drehbuch geraten und nun gleichzeitig der Hauptdarsteller wie auch der einzige Zuschauer in dieser infinitesimalsten seiner Produktionen zu sein.

Als wir es uns mit zwei Gläsern Syrah bequem gemacht hatten, zog Blondy eine Reihe zerknitterte Fotokopien aus der Tasche. »Gut. Hier sind also die Fragen, die ich Ihnen stellen wollte«, sagte er, so als habe er von vornherein auf meinen Anruf gewartet.

»Okay.«

»Sie stammen aus dem *Fragebogen* von Max Frisch. Bereit?«

»Sicher.«

»Wir werden nicht den ganzen Fragebogen durchgehen. Ich werde nur einzelne Fragen herauspicken.«

»Gut, in Ordnung.«

»›Sind Sie sicher, dass Sie die Erhaltung des Menschengeschlechts, wenn Sie und alle Ihre Bekannten nicht mehr sind, wirklich interessiert?‹«

»Wie bitte?«

»So lautet die erste Frage«. Er verfiel wieder in provozierend-theatralisches Gemurmel. »›Sind Sie sicher, dass …‹«

Ich gab mein Bestes bei der Antwort, erklärte Blondy, ich glaubte, jedem solle am Fortbestand der Art gelegen sein, aber er unterbrach mich. »Nein, Sie«, sagte er. »Was denken Sie?«

»Ja, ich wäre traurig, wenn es keine Menschen gäbe.«

Er sprang vor zur nächsten Frage. »›Wem wären Sie lieber nie begegnet?‹«

Mein einziger Zusammenstoß mit Harold Pinter war ausgesprochen enttäuschend gewesen. Ich fing an, davon zu erzählen. Blondy unterbrach mich erneut.

»›Möchten Sie das absolute Gedächtnis?‹ Beantworten Sie nur die Fragen, die Sie interessieren, Grahame. ›Wenn Sie Macht hätten zu befehlen, was Ihnen heute richtig scheint, würden Sie es befehlen gegen den Widerspruch der Mehrheit?‹«

»Okay, Sigismund, worum geht es hier?«

»›Überzeugt Sie Ihre Selbstkritik?‹«

»Allzu sehr, fürchte ich.«

»›Wissen Sie sich einer Person gegenüber, die nicht davon zu wissen braucht, Ihrerseits im Unrecht und hassen Sie eher sich selbst oder die Person dafür?‹«

Seine Stimme war derart hinreißend, dass ich vermutete, wir seien beide hingerissen. Er hätte genauso gut darum bitten können, mir Gedichte vorlesen zu dürfen, obwohl ich davon überzeugt war, dass er meine Antworten hören wollte. »Was ist mit *Ihnen*, Sig? Beantworten Sie diese Frage.«

Er nickte, hob sein Glas. »Und ich hasse mich dafür.«

Wieder fragte ich mich, ob ich gerade das Geräusch einer zuschnappenden Falle gehört hatte. Hatte ich den mir zugedachten Text gesprochen? Kamen wir womöglich zum Punkt?

»Wem?«

»Alan Zwelish«, sagte Blondy.

¶

Sigismund Blondy hatte Alan Zwelish bereits seit einigen Jahren gekannt, so wie man sich als Nachbar in Manhattan eben kannte, wiederholt während flüchtiger Momente das einnehmende Gesicht erspähte, wenn der eine oder der andere von der Straße ausscherte und, schräg gegenüber, im Eingang seines jeweiligen Gebäudes verschwand, oder im Vorraum mit den Geldautomaten der Chase-Filiale an der Seventy-ninth oder in dem koreanischen Spätkiosk, wo man sich, im Fall von Zwelish, eine Schachtel Zigaretten oder, im Fall von Blondy, eine Flasche Ingwerbier oder ein Päckchen Wasabi-Erdnüsse kaufte. Oder, wohl am aufwühlendsten, weit entfernt von dem Block, in dem sie beide wohnten, an einem heißen Samstagmittag an nebeneinanderliegenden Bücherständen am Union Square, wo sie der

Eigentümlichkeit, einander derart weit draußen entdeckt zu haben, mit einem kurzen Nicken Tribut zollten. Bei diesem Nicken hätte man es belassen können. Aber Blondy spielte nicht nach den Manhattaner Nachbarschaftsregeln. Er war provokant, redselig, gierig. Er sammele Lebensgeschichten, wie er mir einmal prahlerisch erzählte, etwa im Geschwader der Hundeausführer des Blocks, die auf dem Weg zum Park wie Maibäume in den Hundeleinen hingen, verwirrt davon, angesprochen zu werden, wo doch so ziemlich jeder die Straßenseite wechselte, um einem Pulk frenetischer Terrier auszuweichen. Er gurrte so lange Babys in Kinderwagen an, bis einsame tibetanische Kindermädchen, die Unsichtbaren von Manhattan, ihm praktisch ohnmächtig in die Arme sanken. Blondy tat sich auch an Kellnerinnen gütlich; ich hatte ihn dabei beobachtet.

Alan Zwelish jedenfalls, klein, muskulös, vor Argwohn funkelnde Augen, die Sakkos mit Schuppen feenbestäubt, wurde zum Faszinosum. Noch mit Bart, als er Blondy zum ersten Mal aufgefallen war, rasierte sich Zwelish im Verlaufe eines Jahres oder so, offenbarte Gesichtszüge, die jünger und grimmiger waren, als von Blondy vermutet, zudem ein knotiges Kinn und irgendwie sinnliche Lippen. Hatte ihm die prätentiöse Gesichtsbehaarung etwas Professorales verliehen, offenbarte deren Fehlen, dass er nicht älter als fünfunddreißig sein konnte. Seine Raucher-Manierismen Marke Bogart wirkten wie vor dem Spiegel einstudiert und waren, ebenso wie der abgelegte Bart, ein Versuch, die Kontrolle über den unteren Teil des Gesichts wiederzuerlangen. Blondy beobachtete, wie diese auffällige, wie ein Flitzebogen gespannte Person auf der Straße an ihm vorbeihastete, und begann mit seinen Projektionen; er konnte nicht anders: abgebrochenes Journalismusstudium, besorgte verheiratete Schwestern in New Jersey oder Connecticut (wahrscheinlich New Jersey), Gewichte, aber kein Cardio-Training, betrübliche Blinddates, *Zigarrenafficionado* und Hi-Fi-Fan, Essen zum Mitnehmen und Pornos en masse. Fest stand hingegen Folgendes: Zwelish gehörte sein Apartment, der Keller eines genossenschaftlichen Stadthauses, und er verdiente sein Geld als Berater für Businesssoftware – diese Fakten hatte Blondy aus Alan Zwelish herausbekommen, halb freiwillig, als er sich auf der Seventy-eighth Street das erste Mal vorgestellt hatte.

Als sie einander das nächste Mal begegneten, versuchte Zwelish in die andere Richtung zu schauen, ganz so, als habe er durch die Herausgabe dieser Informationen eine Gebühr entrichtet und könne nun wieder zum flüchtigen Bekannten werden. Aber keine Chance, nicht bei Blondy, der eines seiner In-medias-res-Manöver lancierte (ein Äquivalent, vielleicht, des Fragebogens von Max Frisch): Die Papageien seien verschwunden, hatte Zwelish davon gehört? Wie bitte? Zwelish habe noch nie den Schwarm grüner Papageien gesehen, Gerüchten zufolge über die Jahre entflogene Haustiere, die sich in bestimmten Bäumen in der York Avenue, Ecke 77th Street, versammelten, wo man Zeuge ihres tropischen Stimmengewirrs werden könne? Zwelish müsse sie unbedingt anschauen. Aber Blondy hatte sie schon seit über einer Woche nicht mehr gesehen. Hatte Zwelish gerade etwas Dringendes zu erledigen, oder würde er Blondy auf einen Spaziergang begleiten, um sie zu suchen? Unglaublicherweise – oder auch nicht, angesichts Blondys Charisma – entschuldigte sich Zwelish für einen Moment, um seine Aktentasche ins Haus zu bringen und zu pinkeln, stieß dann wieder zu Blondy, und gemeinsam schlenderten sie in Richtung York Avenue. Es war ein makelloser Nachmittag, vom Fluss her kam ein wohltemperierter Wind. Die Papageien fanden sie ohne

Probleme. (Ob sie überhaupt je verschwunden waren, darauf musste Zwelish sich selbst einen Reim machen.)

Jetzt war der kleine harte Mann geknackt. Als Sigismund Blondy ihn entdeckt hatte, hatte Zwelish eine brennende Aura der Einsamkeit umgeben, aber Blondy war in die Penumbra eingedrungen. Nun fing Zwelish Blondy auf der Straße ab, um ihm von familiären Notlagen zu berichten: dem nahezu unerträglichen Passahfest bei seiner – jawoll! – Schwester in New Jersey, den Schwierigkeiten, die verworrenen Kapitalanlagen seines Vaters zu liquidieren, über die seine hochbetagte Mutter wachte. Und, hauptsächlich, um große Töne zu spucken. Trank Blondy etwa das Dreckswasser, das aus den Hähnen der Seventy-eighth Street kam? Er müsse an seiner Spüle das und das Aufbereitungssystem installieren. Geld in einem Geldmarktfond aufzubewahren, sei praktisch dasselbe wie es wegzuwerfen; Zwelish war an ganz bestimmten dubiosen Technologie-Aktien beteiligt und hatte außerdem einen Motherwell-Druck erworben. Blondy war für ein Wochenende in ein Gästehaus in die East Hamptons eingeladen? Die Unterkunft sei die Hölle, das könne man ihm, Zwelish, glauben. Sein Kumpel aus Highschool-Zeiten führe eine Pension in den Berkshires, viel besser vom Preis-Leistungs-Verhältnis her. Blondy wohne *zur Miete*? Hoffnungslos! Für ihn war alles ein Konkurrenzkampf, an dem sich Blondy aber nicht beteiligen wollte und daher zu ihm sagte: »Schau, wen du hier vor dir hast, Alan. Ich bin wie die Papageien, raste bloß hier, dekoriere die Gegend. Ich möchte lieber nichts hinterlassen, außer köstlichen Erinnerungen.« Maxime des Künstlers, die Zwelish allerdings nicht ratifizieren wollte. »Sie sind ein Trottel«, sagte er. »Richtig«, pflichtete Blondy ihm bei. »Ich bin ein Trottel, stimmt genau.« Zwelish runzelte die Stirn. »Aber wissen Sie nicht, wie gefährlich es ist, ein

Trottel zu sein? Für Sie und andere?« Welche anderen, dachte Blondy.

Vielleicht meinte Zwelish die Frauen. Sigismund Blondy war, wie jedes andere Exemplar der Spezies imposanter Lebemann, von Frauen umgeben, in Rollen, die ihnen selbst nicht ganz klar waren: Verflossene, Freundin, Affäre. Zwelish hatte bei dieser eleganten Herde eine gewisse Zahl an Zugängen und Abgängen verzeichnet, war schließlich in den Morgenstunden in einem griechischen Diner an der First Avenue jemandem vorgestellt worden, was auf eine Übernachtung hindeutete, bevor er sich Blondy eines Tages allein schnappte und zu ihm sagte: »Okay, Sig, wie stellen Sie es an?«

»Wie stelle ich was an?«

»Ich habe Sie in den letzten zwei Monaten mit fünf verschiedenen Frauen gesehen.«

»Bekannte, Alan, das sind meine Bekannten.«

Zwelish zertrat seine Zigarette unter dem Laufschuh, so wie er Blondys Verteidigungslinie plattmachen wollte. »Verarschen Sie mich nicht. Ich habe gesehen, wie sie sich anlehnen. Das machen Bekannte nicht.«

»In meinem Alter lehnen sich Frauen aus allen möglichen Gründen bei einem an.«

»Von solchen Bekannten könnte ich auch ein paar gebrauchen.«

Blondy hatte das Gefühl, ihm sei in bemerkenswerter Weise Vertrauen geschenkt worden. Seiner eigenen Unbekümmertheit zum Trotz wäre er nie auf die Idee gekommen, einen so unansehnlichen Mann wie Zwelish einfach fragen zu können, wie er so zurechtkam. Bevor es jedoch allzu gefühlsduselig wurde zwischen ihnen, rammte Zwelish ihm ohnehin das Messer hinein. »Ich habe auch gesehen, wie Sie sogar diese ungebildeten Babysitterinnen angraben. Der ganze Block spricht darüber.«

Diese Vorstellung traf Blondy im ersten Augenblick wie ein Schlag: dass er, der sich mit seiner Panoramaeinsicht in die Seventy-eighth Street brüstete, sich selbst unter dem Mikroskop befinden könnte. Und so, indem er sich diesen Moment zu Nutze machte, verschwand Zwelish.

¶

Es war eine verletzende Freundschaft, wenn denn überhaupt eine. Und, wie bei Blondy und mir und dem Kino, konnten zwischen den Begegnungen viele Wochen vergehen. Entsprang das nur Blondys Phantasie, oder lugte Zwelish tatsächlich durch die Lamellen vor seinem Kellerfenster, bevor er entschied, ob er an einem bestimmten Nachmittag Blondy begegnen wollte oder nicht? Wenn sie einander trafen allerdings, schien Zwelish stets irgendetwas vorsätzlich Herausforderndes parat zu haben, so als bereite er sich mit Lernkarteikarten vor. »Noch nicht ganz wach?«, wenn er Blondy nachmittags mit einem Kaffee antraf. »Überhaupt nie mehr ganz wach«, entgegnete Blondy dann, stets bereit, den abgelebten Hofnarr zu geben, den Abgehalfterten, tunlichst darum bemüht, Zwelish keinen Grund zur Aufregung zu bieten. »Brauchen Sie Arbeit, Blondy? Sie sollten eine Oper über Donald Trump schreiben. So sehen heute Helden aus!« Blondy schrieb keine Opern, aber egal. Denn nach Zwelishs Bemerkung zu Beginn verfielen sie des Öfteren wieder in ihren früheren Modus des entspannten Wortgeplänkels. Dann kam Zwelish mitunter gar aus der Deckung und beschwerte sich, ziemlich vage, über »die urbane Frau von heute«. Er touchierte das Thema bloß, und auch Blondy insistierte bei diesem wunden Punkt nicht weiter. Zwelish schien genau zu wissen, wie verletzlich Zwelish sich zeigen wollte.

»Kannst du nicht eines der Kindermädchen dazu bringen, dir die Wäsche zu machen?«, sagte Zwelish eines Tages, als er sah, wie Blondy einen weihnachtsmannartigen Sack zum chinesischen Waschsalon buckelte. Zwelish wirkte außergewöhnlich fidel, ja aufgekratzt, und rollte einen Ärmel hoch, um ein Nikotinpflaster zu präsentieren. Wieder wurden große Töne gespuckt. Er erklärte, er habe die Pflasterdosierung bereits um zwei Stufen reduziert und das, nachdem er fünfzehn Jahre lang täglich eine Schachtel gequalmt habe.

»Mir ist der Gedanke noch nie gekommen«, sagte Blondy, »aber wenn jemand gern rauchen *wollen würde*, allerdings Schwierigkeiten mit dem Anfangen hätte, könnte er mit so einem Pflaster doch Erfolg haben, oder?«

»Wovon reden Sie?«

»Wenn man Raucher werden wollte«, fing Blondy an, ihm den Witz auseinanderzusetzen, »könnte man doch die Dosis hochfahren statt runter.« Zwelish brachte die alberne Seite in ihm zum Vorschein; er konnte es nicht ändern. »Hätte man irgendwann die Höchstdosis erreicht, würde man sich das Pflaster abreißen und – voilà! – müsste sofort *dringend* eine rauchen.«

»Lecken Sie mich doch«, sagte Zwelish und ging. Seine Selbstoptimierungsmaßnahmen waren offenbar nichts, worüber man lachte.

In Sigismund Blondys Augen allerdings, so wie dieser nun einmal war, machte diese Empfindsamkeit Zwelish nur noch liebenswerter. Er stellte Blondy, der sich durch die meisten Meinungsverschiedenheiten allein mit seinem Charme hindurchbugsierte, vor Herausforderungen, denen er schlicht nicht gewachsen war. Er war Zwelish dankbar dafür, dass er ihn dazu anhielt, in diesem hohen Alter Dinge besser zu machen, hartnäckiger zu sein, mehr zu geben.

Es vergingen Monate, bis sich die eigentliche Gelegenheit bot: Alan Zwelishs definitive Selbstrenovierung, der er, Blondy, wie er sich sofort gelobte, ausschließlich ehrfurchtsvoll und glücksstrahlend begegnen würde. Von einer mysteriösen Reise kehrte Zwelish im Besitz einer asiatischen Ehefrau zurück. Blondy erfuhr davon zunächst von einem anderen Nachbarn (»der ganze Block« ließ grüßen), der eine neugierige Spekulation darüber mitlieferte, ob der Bund wohl auf einer Webseite oder mittels irgendeines mechanischen Verfahrens geschlossen worden sei, bevor er sie überhaupt selbst gesehen habe. Aus Vietnam, wurde ihm dann offenbart, als sie sich schließlich auf der Straße begegneten, und winzig genug, um Zwelish riesenhaft erscheinen zu lassen. Das sei Doris, so stellte Zwelish sie vor, später dann gestand er, dass sie irgendwie anders hieß, Do Lun oder Du Lan. Strahlende dunkle Augen und derart feine Gesichtszüge, dass sie wie ziseliert wirkten. Bei dieser ersten Begegnung ergriff Blondy Zwelishs Hand, fasste ihn am Ellbogen und gratulierte ihm aufs Herzlichste. Wollte sich hinabbeugen, um Doris zu küssen, besann sich aber eines Besseren. Sie war zu unnahbar und scheu, ein geheimes Schriftzeichen. Zwelish zog sie eng an sich, schien ausnahmsweise einmal immun gegenüber Kränkungen zu sein, ein Wesen, das nur aus Stolz und Freude bestand. Blondy gehörte zur Familie, wenn auch nur, weil im Moment jeder, selbst ein Fremder, der vorbeikam, dazugehörte. Blondy verfolgte, wie sie in dem Keller-Apartment verschwanden, wobei Zwelish galant an Doris vorbeihuschte, um das Törchen zu öffnen, und empfand dabei eine disproportionale Freude, die er, wie er vermutete, tunlichst würde verstecken müssen.

Zwelish griff nun Blondy nicht mehr an, sein Sarkasmus

schien sich vollständig in Luft aufgelöst zu haben, und wenn Blondy ihn einmal versuchsweise neckte (etwa Doris »Mrs Z.« nannte), schien das einfach seinen Horizont zu übersteigen. Oder schlicht unterzugehen, so als schwebe der Mann durch Wasser. Sie begrüßten einander herzlich, unabhängig davon, ob sich Doris in Zwelishs Schlepptau befand oder nicht. Es war, als habe Zwelish Doris gegenüber den Regisseur im Vorfeld als Freund erster Güte angepriesen, als hiesigen Stützpfeiler, und diese Vorstellung dann so lange genährt, dass er selbst die alte Skepsis verlor. Doris allerdings, wenn sie mit dabei war, beobachtete sorgfältig. Ihr Englisch war nicht hoffnungslos, hatte man einmal den Flor beinahe totaler Unterwürfigkeit gegenüber ihrem Mann durchstoßen. Nie ergriff sie das Wort, ohne in seinen Augen nach Hinweisen zu suchen. Wer konnte sagen, wozu sie sonst noch in der Lage war, wie sie zuvor gelebt hatte, wie sie sich ihr Leben hier vorgestellt hatte. Zwelish, der zunehmend von zu Hause aus arbeitete und seltener als Berater zu Geschäftsreisen aufbrach, sorgte dafür, dass sie wie ein siamesischer Zwilling an ihm klebte.

Bald schon machten sich an Doris' schmalem Körper die Anzeichen ihrer Schwangerschaft bemerkbar. Ihre Haltung war zu gut, um sie über den dritten Monat hinaus verstecken zu können. Zwelish nahm auch hier die Glückwünsche entgegen, allerdings distanziert. Es herrschte ein eisiger Winter, alle trugen mehrere wollene Schichten übereinander und waren ohne weiteres davon entschuldigt, im Freien herumzutrödeln, und Zwelish und seine junge schwangere Frau wurden mehr und mehr zu Figuren in einer Schneekugel, von der menschlichen Sphäre aus zu sehen, aber unmöglich zu kontaktieren. Sie wirkten weder glücklich noch unglücklich, bloß ineinander verschlungen, wie sie so auf der Straße miteinander flüsterten, eine völlig undurchschaubare familiäre Einheit. Blondy bekam nicht einmal eine Wasserstandsmeldung oder sonst irgendetwas aus Zwelish heraus, und ich kannte Blondy gut genug, um nachempfinden zu können, wie sehr ihn das wurmte. Was auch die unbesonnene Entscheidung erklärte, die er traf. Vor dem Hintergrund seiner bisherigen Geschichte mit Zwelish wusste Blondy mit großer Wahrscheinlichkeit, dass sie unbesonnen war, wenngleich er das Ganze mit absoluter Liebenswürdigkeit und aus reinem Enthusiasmus heraus anging. Eines Tages, Doris war im fünften oder sechsten Monat und auf der Straße der Frühling ausgebrochen, lief Blondy ihr alleine über den Weg, als sie gerade, leicht watschelnd, vom koreanischen Supermarkt zurückkehrte. Er bestand darauf, ihr die Plastiktüten bis vor die Tür ihres Keller-Apartments zu tragen.

Das war im Grunde bereits schlimm genug, konnte es doch durchaus als Rüffel aufgefasst werden, dass er Doris nicht zum Laden begleitet hatte. Schlimmer aber, viel schlimmer, war, dass Blondy Doris vor der Tür unter Pullover und T-Shirt fasste, nicht ohne vorher zu fragen, und seine Handfläche auf den Globus legte, der dort knospte. Er tat es mit Eleganz – ohne Eleganz, insbesondere bei einer Frau, ging es für Blondy gar nicht. Doris war nicht irritiert. Blondy zog es nicht in die Länge. Fühlte bloß und murmelte etwas von wegen »ein Wunder«, und noch etwas anderes von wegen »Alan, der Glückspilz«. Fragte: »Junge oder Mädchen?«, und Doris sagte: »Junge.«

Zwelish, der ihre Stimmen gehört hatte und zum Fenster gekommen war, kam jetzt herausgerannt, öffnete das Törchen und zog Doris hinein. Es schien, als stecke ihm irgendeine Verwünschung im Hals, die sich in einer Art wütendem Schluckauf äußerte, während er zu Blondy hinaufstarrte. Dann war er, gemeinsam mit seiner Frau, verschwunden.

Günstigerweise war Zwelish allein, als er Blondy das nächste Mal auf der Straße traf. Er ließ die Schultern sinken, während sie sich einander näherten, und als Blondy seinen Namen sagte, straffte er sie wieder und sah ihn mit saurer Miene an. »Was wollen Sie von mir?«, fragte er Blondy. »Nichts, was Sie nicht zu geben bereit wären«, lautete Blondys Antwort.

»Was sollte das mit dem ›Glückspilz‹?«, fragte Zwelish.

»Wie bitte?«

»›Alan, der Glückspilz‹. Was soll das bitte schön bedeuten?«

»Gar nichts«, sagte Blondy, letztlich nun doch erschöpft.

»Dann bleiben Sie mir doch einfach vom Hals.« Und mit diesen Worten ging Zwelish ab.

Nun folgte die tiefe Talsohle ihrer Beziehung, obgleich Blondy irgendwie nie daran zweifelte, dass sie nicht irgendwann durchmessen sein würde. Wochen oder Monate konnten verstreichen, ohne dass sie einander trafen, und wenn sie es doch taten, sprachen sie kein Wort miteinander. Blondy war zu der Zeit mit jenem Vorhaben beschäftigt, mit dem auch unser erstes Treffen im Zusammenhang stand, den Theaterstücken von Koch. Der Junge kam zur Welt und man konnte die kleine Triade auf der Seventy-eighth Street sehen, stets für sich, stets sich selbst genug, immer in Eile. Und Blondy deckte schließlich das Geheimnis des »ganzen Blocks« auf. Dieser bestand aus einer älteren Frau (was hieß, wie ich annahm, in Blondys Alter), die sogar bei Blondy im Haus wohnte und ihm in erster Linie wegen eines langweiligen Disputs über Mülltrennung im Gedächtnis geblieben war und die ihn mit Feuereifer bei absolut jedem in Verruf brachte: den Koreanern aus dem Supermarkt, neuen Mietern, den Hundeausführern, die sie nach ihren Gesprächen mit Blondy ausfragte, so als wolle sie sie umprogrammieren, und vermutlich auch bei Zwelish. Einer der Hundeausführer, der geschwätzigste und mit den mannigfaltigsten Kontakten ausgestattete (er führte den Jack Russel Terrier aus, den Corgi und den in die Jahre gekommenen Dackel), plauderte bei Blondy schließlich alles aus. Und fügte hinzu, dass auch Zwelish einmal auf dem Gehweg angehalten habe, um sich an der jüngsten Blondy-Runtermach-Session zu beteiligen. Dass Zwelish gesagt habe, er habe Blondy nie vertraut, habe »bloß mitgespielt«, was auch immer das heiße. So als wäre Blondys Zuneigung derart schädlich, dass man davor warnen müsse.

Während der ersten Monate dieser Sendepause hatte Blondy Zwelish vier oder fünf Mal mit oder ohne Anhang gesehen, danach dann zwei oder drei Mal Doris allein mit dem Jungen im Kinderwagen. Blondy hatte gar nicht bemerkt, in welchem Maß er sich stolz aus dem öffentlichen Leben des Viertels zurückgezogen hatte (dies musste wohl die Phase der größten Eskalation meiner Kino-Begegnungen mit Blondy gewesen sein, während der wir am häufigsten einander »rein zufällig« zu Rendezvous trafen und in Weinbars landeten), bis der geschwätzige Hundeausführer ihn aufhielt und die Neuigkeit überbrachte: Alan Zwelish sei gestorben, ganz plötzlich, an einem inoperablen Gehirntumor, nur mehr Wochen zuvor entdeckt, bevor er ihn tötete. Doris und das Kind hätten alles geerbt, was er besessen hätte, und ein Versicherungsanspruch sorge dafür, dass sie in dem Apartment auf der anderen Straßenseite würden bleiben können. Hier nun zeigten sie sich, die Abgründe einer Beziehung, die sich auf zufällige Begegnungen verlassen hatte, dann aber vollständige Entfremdung erlebt hatte: was man in der Zwischenzeit nicht alles verpassen konnte. In diesem Fall das ganze Ende.

Diese Neuigkeit ließ einem keine Wahl. Blondy eilte zu dem Apartment, um nach Doris zu sehen. Sie ließ ihn ein. Zwelishs Höhle zum ersten Mal zu betreten und – jawoll! – das High-End-

Stereo-Equipment zu sehen, den Haufen Hanteln, genauso wie den gerahmten Motherwell, vor allem aber den Einjährigen, der in seinem Gitterbettchen spielte, übersät von den Plüschtieren, die er für Zwelishs handverlesene Zeichen der Zuneigung hielt, machte Blondys Herz rechtschaffen, ganz als ob sich dadurch, dass sich seine alten Vermutungen bestätigten, die Behauptungen, denen Zwelish stets widersprochen hatte, bewahrheiteten. Doris saß ihm gegenüber, aufrecht in ihrem Stuhl, die Augen trocken. Sie bot ihm nichts an und er näherte sich ihr nicht, auch nicht dem Kind – dies war kein Besuch, es war eine Abrechnung. Er hob mit den einzig möglichen Worten an: »Es tut mir leid«, gemeint als Ouvertüre zu den Erklärungen, die er loswerden wollte, falls Doris sie hören und verstehen wollte. Aber sie wollte selbst eine Klarstellung loswerden, die seine Motive auf einen Schlag hinfällig werden ließen.

»Ich bin froh, dass er tot ist.«

Blondy hatte sich nicht verhört. Trotz ihres Akzents war ihre Syntax exakt und unmissverständlich. Die Empfindung lag bar da.

»Warum?«

»Nie durfte ich irgendwo hingehen.« Doris klang wütend, das Gefühl war noch frisch. »Wir haben den ganzen Tag lang gestritten.«

Blondy nickte bloß, musste nicht erst überzeugt werden, dieser Erzählung Glauben zu schenken.

»Ich habe Alan nicht geliebt. Jetzt haben wir« – sie wandte sich um, um Blondy zu verstehen zu geben, dass sie damit den Jungen einschloss – »dies hier. Viel besser.«

Blondy begann zu weinen, offen, ließ Dinge abfließen, von denen er nicht gewusst hatte, dass sie in ihm waren, wie etwa seine eigene Todesangst, aber auch seine Wut auf Alan, weil dieser ihn verstoßen hatte, und auf sich selbst, weil er sich hatte verstoßen lassen.

»Du weinst«, sagte Doris ohne Grausamkeit.

¶

Nachdem ich nun ausgewählt worden war oder mich freiwillig bereiterklärt hatte, Blondy die Beichte abzunehmen, mit der Doris Zwelish ihm zuvorgekommen war, drängte sich mir die Frage auf, welche Folgen das für die Wohnsituation insgesamt gehabt hatte. Sie schienen mir beträchtlich gewesen zu sein, nicht zuletzt vor dem Hintergrund von Blondys Mietpreisbremse in der Seventy-eighth Street. »Und Ihre Reaktion bestand also einfach darin, aus der Nachbarschaft wegzuziehen?«

»Ich konnte der Recycling-Dame nicht unter die Augen treten, das mal vorab«, sagte Blondy. »Noch viel weniger allerdings dabei zusehen, wie Doris das Kind vor meinen Augen großzog – was, wenn er aussehen würde wie Alan? Das war nicht mehr mein Block. Ich war wie ein Zombie – sie hätten recht daran getan, mich nach einer Weile zu schneiden. Ich schämte mich für mich selbst, aber auch für Zwelish. Niemand konnte ihn vergessen, wenn ich nicht ging.«

»Es war also altruistisch, wegzuziehen?«

»*Notwendig*, Grahame.«

Wieder verspürte ich die paranoide Gewissheit, dass Sigismund Blondy mich, indem er mir seine Geschichte erzählte, für eine theatrale Phantasie in Dienst genommen hatte – für eine Rolle auserkoren –, zur Freude eines unbekannten Publikums, das vielleicht nur aus ihm selbst bestand. Es gab gar keinen Alan Zwelish, oder Alan Zwelish war nie verheiratet gewesen oder gestorben. Die ganze Episode war reine Konfabulation. Einen

Augenblick lang wollte ich in die Bibliothek gehen und nach einem Nachruf suchen. Aber dann wusste ich, dass die Geschichte stimmte. Einen Raucher zu erfinden, der aufhörte, um dann einem Krebsleiden zu erliegen, war unter Blondys Würde. Nein, mein Gefühl der Unwirklichkeit war eine Reaktion des Mitgefühls, kein Hinweis auf eine Lüge: Ich hatte mich mit Blondys eigener Angst infiziert, dass der Pomp seinen menschlichen Kern hatte fadenscheinig werden lassen – und ihn zu einem Zombie. Er war aus der Sorge heraus aus der Seventy-eighth Street geflohen, er würde sie zu einer Bühne seiner eigenen Theatralik machen. In seinen Albträumen war ihm das womöglich vorgeworfen worden, mit der Stimme der Recycling-Dame: nicht dass er Kindermädchen belästigte, sondern dass er andere wie Figuren in einem zwielichtigen Stück behandele.

In dem Moment, als ich eine Ahnung von diesem Grauen bekam, wollte ich es gleich mildern, indem ich von seinen wahren und unausdrückbaren Gefühlen für Zwelish anfing. »Man sucht sich nicht aus, wen man liebt, Sigismund.«

Blondy wirkte erleichtert darüber, dass ich in seiner Erzählung nach einer Moral suchte, statt mit ihm gemeinsam in das schwarze Loch seiner Persönlichkeit zu starren. »Das gefällt mir«, sagte er nachdenklich. »Man sucht sich nicht aus, wen man liebt. Oder wer einen liebt. *Das* war Alans Problem.«

»Kein Wunder, dass er angepisst war. Wonach auch immer er gesucht haben mag, mit *dir* hätte er niemals rechnen können.«

»Ha!«

Ich hätte in diesem Moment alles für Blondy getan und verabscheute Alan Zwelish dementsprechend. Dennoch wusste ich, ich hatte mehr Zwelish als Blondy in mir, was wahrscheinlich der Grund war, warum ich hier saß. Ich hasste Zwelish dafür, Blondy den Tod vor Augen geführt zu haben, genauso wie ich einen Teenager dafür hasste, wenn er einem Fünfjährigen steckte, dass der Weihnachtsmann bloß ein Simulant war. Ich hoffte, Blondy würde tausend Jahre alt werden, aus Rache.

»›Gesetzt den Fall, Sie haben nie einen Menschen umgebracht: wie erklären Sie es sich, dass es nie dazu gekommen ist?‹«

»Wie bitte?«

»Das ist die nächste Frage.« Blondy hatte wieder seine Kopien auseinandergefaltet. »Oder diese hier: ›Möchten Sie lieber gestorben sein oder noch eine Zeit leben als ein gesundes Tier? Und als welches?‹«

DER KÖNIG DER SÄTZE

Das war zu der Zeit, als wir ausschließlich über Sätze reden konnten, Sätze – nichts sonst versetzte uns derart in Erregung. Was in jenen Tagen auch geschah, was auch immer uns in seinen Bann schlug, Clea und ich konnten nicht eher ruhen, bevor wir die Sache in, wie wir uns selbst versicherten, erstaunlicherweise präzedenzlose und bezaubernde Sätze gegossen hatten: »Bei Esthers Dekolleté sollte man einmal genauer hinsehen« oder »Ein Gefängnis ohne modernes Mobiliar kann nicht modern sein« oder »Ich träume von einer Kunst, neben der die Kritik wie ein kognitives Symptom wirkt, das jene, die darunter leiden, für sich als Geschmack definieren wollen, womit es in Wahrheit aber nicht das Geringste gemein hat« oder »Ich sagte, ich hätte gern ein hartgekochtes Ei, kein Brikett«. Zündete eine solche Sequenz auf unseren naiven Lippen, kritzelten wir sie mit einem schmierigen Wachsstift an die Wand unseres Apartments oder tippten sie fünfundzwanzig Mal auf ein Blatt Papier, das wir fünfundzwanzig Mal kopierten, dann jede Seite mit der Schneidemaschine im Copyshop in fünfundzwanzig Streifen schnitten, um dann die entstandenen sechshundertfünfundzwanzig Papierschnipsel in den Straßen unserer Stadt zu verstreuen – Glücksverheißungen ohne Kekse.

Wir arbeiteten in Buchläden, es gab nur diese Option. Niemand, der das nicht tat – und das schloss sogar alle unsere Kunden ein –, konnte auch nur ansatzweise ermessen, welchen Wert jeder der in den Regalen pulsenden Bände besaß. Auch die Eigentümer nicht. Clea und ich waren Hüter eines Schatzes an Sätzen, dessen eigentliches Ausmaß sich erst im Buchinneren offenbarte. Obwohl wir vorwiegend mit den Umschlägen zu tun hatten (vielleicht einmal schnell durchblätterten, um sicherzustellen, dass kein Blödmann mit einem Marker gelbe oder rosa Streifen auf den Seiten hinterlassen hatte), hielten wir doch intensiv Zwiesprache mit ihnen, hatten das untrügliche Gefühl, nur wir verdienten es, in ihrer Nähe zu sein. Jeden Augenblick würden wir sie alle von vorne bis hinten durchlesen, das würde ganz sicher passieren. In der Zwischenzeit bestahl uns jeder Kunde ein wenig. An den Kassen sprachen wir Sätze aus, maßgeschneidert, um unserer Verachtung Ausdruck zu verleihen, und dies so subtil, dass man es kaum bemerkte. Blinzelten unsere Kunden auf die Beleidigungen hin, die wir in unser Dankeschön eingebettet hatten, glaubten wir, sie seien vielleicht doch der Wunderwerke würdig, die wegzuschleppen ihnen ihre versifften Dollars ermöglichten.

Wir verachteten moderne Textgattungen und solche, die sich durch Lückenhaftigkeit auszeichneten: geistlosen und verstümmelten Jargon, Graffitis, Werbetexte und Textnachrichten. Kein von Photonen transportierter und an Satelliten abgeprallter Satz war je vollständig zu Hause angekommen. Interpunktion! Sie war sakrosankt, das wussten wir. Jeder der Sätze, die wir liebten, stabil und biblisch in seiner Machart, auf gewisse Weise wie mit handgeführtem Gerät irgendwo eingraviert oder mit einem tintigen Typenhebel auf Papierbögen geknallt. Denn Sätze besaßen etwas Skulpturales, waren wir die Einzigen, die das kapierten? Sätze waren Körper, genauso geil wie die Fleischumhänge, die wir den ganzen Tag über im Haus trugen. Während wir erotisch ineinander verkeilt in unserem Loft-Bett lagen, ging Clea jeden meiner Sätze Subjekt für Verb für Prädikat durch, so wie sich ein Fünf-Sterne-Koch akribisch an ein Rezept hält, um sicherzustellen, dass Soufflé oder Sauerteig auch aufgehen. Ein gutgebauter, stattlicher Satz (»Habe ich deinen Fuß im Nacken, möchte ich am liebsten brüllen«), konnte Clea derart erregen, dass sie sofort zum Höhepunkt kam. Kichernd stiegen wir aus dem Bett, griffen nach Gläsern mit kaltem Wasser, die in Lachen ihres eigenen Schweißes auf Nachtschränkchen standen. Die Sätze hatten intensivere Orgasmen in uns entfesselt, die nicht aus Pappe waren. Dementsprechend waren wir uns ebenfalls sicher, dass Sätze der richtigen Güte in der Lage waren, diesen grässlichen, endlosen Krieg zu beenden, würde man auf höherer Ebene gewisse Standards einführen. Was nie der Fall sein würde. Und die Presse trompetete die lausige Grammatik der Regierung einfach nach.

Dass wir Spinner waren, war uns bewusst. Als Satzmacher waren wir praktisch noch Föten, nicht wahrnehmbar, ungezündet, spielten unsere Spielchen in unserer Freizeit oder auf Kosten anderer. Niemand liebte unsere Sätze so wie wir, und so gerannen sie auf unseren Zungen oder wurden sauer. Wir warfen kaum einen Blick auf unsere Wandkritzeleien aus Angst davor, wie sehr uns unsere Schwärmereien nach ein paar Wochen oder auch nur Stunden entblößen würden. Unsere fotokopierten Glückszettel fanden wir in schlammigen Klumpen in Gullys, verknäult mit Werbezetteln, unbeachtet. Unsere Manuskripte? Das waren nicht in Worte zu fassende Geheimnisse, verborgen gehalten nicht nur vor der Welt, sondern auch vor uns selbst. Meine Seiten waren schmachvoll, über und über besudelt mit *xxxxxx*-en der Reue. Jedes Mal, wenn sie das Apartment verließ, huschte ich hinüber, um in Cleas Manuskript zu lesen, gab aber niemals zu, von dessen Existenz überhaupt zu wissen. Ihr Titel lautete: *Die jungen Waldhüter fanden die Liebe ähnlich skandalös wie einen kahlen weißen Schädel.* Meiner lautete: *Hinter ihren Instrumenten konnte ich die Kirchenratsmitglieder lachen hören.*

Andere mochten den Königen des Biers oder der Burger huldigen – wir verneigten uns vor dem König der Sätze. Es gab nur einen. Wir besaßen seine Werke in makellosen Erstauflagen, zerfledderten Leseexemplaren und einer Reihe weiterer, eigentümlich unterschiedlicher Ausgaben. Uns begeisterte der prosaische Klappentext und die schlüpfrige Umschlaggestaltung der frühen Taschenbuchausgaben für den Massenmarkt: kaum vorstellbar, dass er einmal als Futter für die Drehständer der Ramschläden gegolten hatte! Die neusten Ausgaben der Titel, die er zum Nachdruck freigegeben hatte (im Falle vierer früher Romane war die Neuauflage untersagt worden), kamen wunderbar nüchtern daher, auf den Schutzumschlägen der Kleinverlage, die ihn nun publizierten, fand sich jetzt nur noch Schrift, keine Götzenbilder mehr. Die Abfolge seiner Bücher in unserem Regal glich einem Cartoon der Evolution, in dem eine Nacktschnecke aus der Brandung kriecht, um ein Säugetier zu werden, ein Affe, und dann zuletzt ein haarloser nobler Zeitgenosse, der in die Zukunft starrt.

Der König der Sätze gab keine Interviews, lehrte nirgends und ließ sich auch nicht dazu herab, bei Podiumsdiskussionen oder Symposien aufzutreten. Seine Vorlieben, Hobbys und Kümmernisse waren unbekannt, weshalb wir diese auf eigene Gefahr aus seinen Büchern ableiteten. Sein digitaler Fußabdruck war blass: Solchen Leuten waren Leute wie er egal. Google etwa bevorzugte einen berühmten Maler von Naturszenen – Biberdämmen, Reiherverstecken – desselben Namens. Der König der Sätze schrieb nur, hatte sich selbst bibergleich auf einen Damm der Quintessenz zurückgezogen, war gleichzeitig vollständig nichtsahnend, sowohl das öffentliche Desinteresse als auch die Verkaufszahlen betreffend, die mittlerweile wahrscheinlich in Ränge abgerutscht waren, die sonst nur von Lyrikern belegt wurden. Sein Autorenfoto, auf Umschlägen und in Zeitungsausschnitten zwanzig Jahre lang dasselbe, bis es ganz verschwand, hielt ihn irgendwo Mitte der Sechzigerjahre gefangen, mit Rollkragenpullover, für immer ein Cocktailglas in Händen. Sein letzter Cocktail, womöglich.

In just diesem Loft, wo wir uns in einander verhedderten, trieben Clea und ich uns gemeinsam in den Wahnsinn, indem wir die Bücher des Königs der Sätze laut vorlasen, bei Kerzenschein, wenn wir eigentlich hätten schlafen sollen. Wir rissen einander das Buch aus den Händen, ob der Lust, die es bereitete, seine Worte wie Rennmäuse in den Laufrädern unserer Münder zirkulieren zu lassen. Erst wechselten wir uns nach jedem Kapitel ab, dann nach jeder Seite, jedem Absatz, schließlich jedem Satz, bis wir uns darauf einigten, unisono zu lesen. Er konnte uns praktisch hören, wie wir so seine Worte intonierten, wir hätten schwören können, sie drängen an sein Ohr. Aber nicht wirklich. Was wir uns allerdings selbst und einander ernsthaft gelobten, war, dass wir einen Ausflug machen und den König der Sätze suchen würden, ihn aufstöbern, uns in seine Gesellschaft und sein Vertrauen katapultieren, ihm mit unserer Liebe Mut zusprechen und uns (und unsere geheimen Manuskripte, o ja!) mit seiner Großartigkeit verbinden würden. Jeder von uns hatte, was der andere brauchte, davon waren wir überzeugt.

Vielleicht würden wir ihm beim Schreiben zusehen. Und er uns vielleicht beim Tanzen oder Vögeln, wer konnte das wissen? Wir würden ihn zum Mittagessen einladen. Für ein Mittagessen war er sicherlich sterblich genug. Zumindest für ein Mittagessen würde er uns wollen.

Er lebte, wie wir herausgefunden hatten, nördlich der Stadt, seit er, nachdem er aus seinen Tagen als Flaneur im Greenwich Village die nötige Inspiration gezogen hatte, um die Zeit, als jenes letzte Bild entstanden und der letzte Cocktail getrunken war, von dort weggezogen war. (Wir befanden, dass mit seinem Auszug aus dem schmalen Stadthaus in der Jane Street so ziemlich alles westlich der Second Avenue das Verfallsdatum als authentischer Schauplatz bereits überschritten hatte.) Etwas Detektivarbeit half uns in Hastings-on-Hudson dabei, ein Postfach auf seinen Namen zu lokalisieren – wie schlau, aber auch kokett es war, einen Ortsnamen zu finden, der schon für sich allein, fügte man bloß ein Apostroph hinzu, einen Satz ergab, einen geheimnisvoll-lüsternen zudem. Damit stand fest, er selbst hatte uns in sein Versteck beordert: Clea konnte Hudson spielen und ich würde Hasting sein.

Wir schickten eine Postkarte mit einer Vorwarnung, adressiert an sein Postfach. Ohne Absender, damit er nicht Nein sagen konnte. Keine elaborierten Sätze aus Angst vor seinem Urteil. Lediglich Fragmente: »kommen in zwei Wochen«, »machen Sie sich bereit«, »können es kaum erwarten, Sie persönlich kennenzulernen« (als seien wir ihm bereits auf einer anderen Ebene begegnet, was ja stimmte). Der verabredete Tag kam über uns wie eine Krankheit, und obgleich es jeder für sich vorgezogen hätte, im Bett zu bleiben und sie auszukurieren, so hätten wir einander nicht mehr in die Augen schauen können, wären wir nicht nach draußen gewankt, zur Subway, die uns hinauf zum

Grand Central Terminal brachte. Die kurze Fahrt über hielten wir Händchen, die Handflächen fiebrig-nass. Als wir aus dem Hastings-on-Hudson-Bahnhof der Metro North Linie kamen, über uns ein mit Gewitterwolken verklumpter Himmel, waren wir die einzigen Reisenden, die nicht von in Subarus wartenden Familienangehörigen abgeholt wurden oder ihre Fahrertüren piepsend entriegelten, während sie mit an die Ohren gepressten Mobiltelefonen den Parkplatz überquerten. Hinter uns setzte sich der Zug wieder in Bewegung und der Bahnhof lag entvölkert da wie nach der Explosion einer Neutronenbombe.

»Hier residiert der König der Sätze.«

»In dieser kleinen Stadt.«

»Er könnte uns gerade beobachten, mach also nichts Dummes. Durch ein Teleskop.«

Wir tappten eine Straße entlang, die sich Main Street nannte, auf der Suche nach dem Postamt, bis uns ein Passant zur Warburton Avenue schickte. In dem schmucklosen Vorraum gingen wir in der Nähe der durchnummerierten Postfächer in Stellung, taten unbedarft so, als versaubeutelten wir unsere Formulare zur Adressänderung und müssten ein Dutzend Mal von vorn beginnen. Sein Fach, das wir nur aus den Augenwinkeln beobachteten, schien beinahe zu vibrieren ob der Gefahr und der Möglichkeiten – unsere eigene Postkarte hatte hier Station gemacht, der Vorbote dieses Treffens.

Nach einer Weile verloren wir die Geduld und schlängelten uns hinüber zum Hauptschalter. »Wann kommen die Postfachinhaber hier für gewöhnlich, um, nun, ihre Post abzuholen?«

»Wir bestücken die Fächer um halb elf.«

»Ah, okay, und wann kommen die Leute dann so normalerweise, um die Post abzuholen und sie mit nach Hause zu nehmen?«

»Wann immer es ihnen passt.«

»Na klar, immerhin sind wir hier in den USA, richtig?«

»Allerdings.«

»Vielen Dank.«

Wir nahmen unsere Pantomime mit dem angeketteten Kuli wieder auf. Zwei, drei, fünf, acht, achtzehn Hasting-on-Hudsoner kamen hereingetrampelt, um ihre Postfächer zu leeren, Wurfsendungen in Recyclingbehälter zu sortieren, die Postlerin zu begrüßen und Kleingeld in Briefmarken zu tauschen, jede von absurd winzigem Nennwert. Alle in diesem Nest schienen gerade in einer staubigen Schublade eine Sechzehn- oder Dreiundzwanzig-Cent-Marke gefunden und sich entschieden zu haben, sie heute mittels Fünfcentstücken und Pennys aus Autositzritzen bis hin zur Brauchbarkeit zu bezuschussen.

Und doch hatte die Postlerin zwischen den Transaktionen Gelegenheit gefunden, sich für einen Petzanruf fortzuschleichen, so zumindest argwöhnten wir, als wir den blinkenden Streifenwagen sahen, der jetzt vor dem Postamt hielt. Eine Cowboy-Figur kam in den Vorraum gestiefelt, ein Mann, Ende fünfzig, schlank, mit einem sternförmigen Abzeichen, der, als er den Mund aufmachte, etwas Lakonisches hatte. Clea las meine Gedanken und sagte: »Sind Sie hier in der Gegend der Sheriff?«

»Der Polizeichef.«

»Nicht der Sheriff von Hastings-on-Hudson?«

»Nein, Ma'am, den gibt es hier nicht. Dürfte ich Sie fragen, was Sie hier machen?«

»Warten.«

»Haben Sie Postgeschäfte zu erledigen?«

»Nein«, sagte ich. »Aber wir haben etwas zu klären mit jemandem, der womöglich Postgeschäfte hat, falls das in Ordnung ist.«

»Vermutlich, Sir, dennoch sehe ich mich gezwungen, mich zu fragen, von wem Sie wohl reden.«

»Dem König der Sätze.«

»Verstehe. Dann sind Sie nicht zufällig die Absender einer nicht unterschriebenen und tendenziell bedrohlichen Postkarte?«

»Das könnte durchaus sein, obgleich sie mitnichten bedrohlich gemeint war.«

»Verstehe. Und nun warten Sie, wie ich annehme, auf den Empfänger.«

»In der Manier freier Amerikaner an einem öffentlichen Ort unter staatlicher Kontrolle, ja. Wir haben die Postlerin gefragt.«

»Verstehe. Hätten Sie etwas dagegen, wenn auch ich ein wenig warten würde?«

»Haben wir erklärtermaßen nicht.«

Bald darauf erschien er. Der König der Sätze, unverkennbar, wenn auch nicht die noble Gallionsfigur von dem Foto, sondern dessen verhutzelte Schrumpelapfel-Ausführung. Er trug ein graues Sweatshirt und karamellfarbene Cordhosen, an Knien und Hüften blankgescheuert wie ein abgefahrener Radialreifen. Lachhafte schwarze Nikes zu grauen Socken. Die Haare waren weiß und licht. Die Augen winzig und hin und her flitzend. Sie flitzten hinüber zu dem Nichtsheriff, der minimal nickte. Der König erwiderte das Nicken ebenso sparsam.

Wir sanken, wie vorgesehen, auf die Knie, brachten die süße Qual, die die Unterwerfung gegenüber dem alleinigen König der Sätze für uns bedeutete, zum Ausdruck – senkten die Köpfe, während die Finger zuckten, so als durchkämmten sie die Luft nach Partikeln seiner Großartigkeit. Ein Kapitel von *Hinter ihren Instrumenten konnte ich die Kirchenratsmitglieder lachen hören*, unter dem Gummizug meiner Unterhose versteckt, knickte, als ich niederkniete. Reglos stand der König da, womöglich leicht in sich zusammengesackt. Der Chief wandte sich ab und schüttelte den Kopf, ein wenig erschüttert.

»Alles in Ordnung?«, fragte er den König.

»Sicher. Lassen Sie mich kurz mit ihnen reden.«

»Wie Sie wollen.« Der Gesetzeshüter ging hinaus, um neben seinem Streifenwagen eine Zigarette zu rauchen. Er beobachtete uns durchs Fenster. Wir nickten und winkten ihm zu, als wir uns wieder aufrappelten.

»Wer hat euch geschickt?«, sagte der König.

»Sie, Sie, Sie«, sagte Clea. »Sie waren das.«

»Wir wurden eher angezogen denn geschickt«, sagte ich. »Sie haben uns Ihr Werk geschenkt, und jetzt sind wir hier, als Geschenk für Sie.«

»Nehmen Sie uns«, sagte Clea.

»Nein, danke«, sagte der König. Nervös wandte er den Blick von Clea ab und sah mich an.

»Wir haben Sie zum König der Sätze ernannt«, sagte ich. »Wir sind das gewesen. Niemand anderes.« Ich wollte ihn nicht mit Neuigkeiten quälen, wie wenig sein Name im Gespräch war, wie miefig und ramschig seine Bücherhaufen in den Regalen der Antiquariate wirkten.

»Ich habe euch nicht eingeladen.«

»Nein, aber Sie sind für unsere Anwesenheit verantwortlich.«

»Lasst es mich klar sagen. Ich habe nichts für euch.«

»Nehmen Sie uns mit nach Hause.«

»Im Leben nicht.«

»Wir sind extra hergekommen.«

Er zuckte mit den Achseln. »Wann geht der nächste Zug zurück?«

Die Sätze, die aus seinem Mund kamen, wirkten abgewetzt,

gattungstypisch, wie Sentenzen aus Schwarz-Weiß-Filmen. Ich versuchte, von seinem stilistischen Richtungswechsel nicht enttäuscht zu sein. Er wollte uns etwas lehren, wie immer.

»Das ist uns egal. Wir haben ohnehin keine Fahrkarten. Wir sind wegen Ihnen hier.«

»Ich habe für Verbrüderung nichts übrig. Auf diese Weise hier einzudringen, ist das Letzte, was ich brauche.«

»Mittagessen«, bettelte ich. »Nur ein Mittagessen.«

»Ich esse lediglich, was meine Haushälterin zubereitet. Die falsche Menge Kochsalz könnte mich zum jetzigen Zeitpunkt umbringen.«

Clea umschlang sich verzückt selbst. Sie murmelte den Satz nach, gab sich ihm ganz hin: »… falsche Menge … Kochsalz … umbringen.« Der König stellte sich in seinen Nikes auf die Zehenspitzen, sah nach, ob der Polizist noch draußen wartete.

»Vergessen Sie das Mittagessen. Eine Stunde Ihrer Zeit.«

»Wir sollen uns eine Stunde lang im Vorraum des Postamts rumdrücken? Um was genau zu tun?«

»Nein, lassen Sie uns irgendwo hingehen«, sagte Clea. »In ein Hotelzimmer, wenn Sie uns nicht bei sich zu Hause haben wollen.«

»Oder in die Bar«, sagte ich, in dem Versuch, Cleas vermessene Äußerung abzuschwächen. »In die Bar einer Hotellobby, einen öffentlichen Ort. Auf einen Cocktail.«

Zum ersten Mal lachte der König, ein Gackern, umrandet, wie ein angebrannter Keks, von Bitterkeit. »Wie großzügig. Ihr würdet mich in eines der feinen Häuser unserer Stadt einladen. Sie sind genauso exquisit wie unsere Restaurants. Ihr könntet, wenn ich das richtig sehe, zwischen Motel 6 oder Econo Lodge wählen.«

»Egal wohin«, keuchte Clea.

Der müde Blick des Königs begann erneut zu wandern: von Clea zu mir, zur desinteressierten Postlerin, dem Chief draußen, der nun mit der Hacke auf dem Asphalt eine Zigarettenkippe austrat und den Kopf umwandte, um zu verfolgen, wie sich ein paar Hinterteile entfernten. Die Stimme des Königs fiel um eine Oktave ab. »Econo Lodge«, sagte er. »Auf der Lower Brunyon. Ich sehe euch dort in fünfzehn Minuten.«

»Wir haben kein Auto.«

»Wie schade.«

»Könnten wir bei Ihnen mitfahren?«

»Auf keinen Fall.«

»Wie kommen wir dorthin?«

»Findet es raus.« Und damit verließ der König der Sätze das Postamt und schlich um die Ecke und aus dem Blickfeld, wahrscheinlich zu seinem Auto. Den kleinen Extraschwung in seinem Schritt konnte ich mir unmöglich nur ausgedacht haben. Der König hatte eine Vitalisierung erlebt, wie flüchtig auch immer, durch die Begegnung mit seinen Untertanen. Was ein Anfang war, dachte ich.

Restlos begeistert taumelten wir auf den Gehsteig, blinzelten in das grelle Licht, das jetzt durch die knotigen Wolken drang. Der Chief musterte uns von oben bis unten. Wir lächelten charmant zurück.

»Soll ich euch zurück zum Bahnhof fahren?«

»Nein, vielen Dank, wir wollen zur Lower Brunyon. Könnten Sie uns vielleicht sagen, in welche Richtung wir müssen?«

»Wieso Lower Brunyon?«

»Zur Econo Lodge, wenn Sie es denn genau wissen wollen. Kann man dorthin laufen?«

»Ist ziemlich weit, würd ich sagen. Warum fahre ich euch nicht einfach?«

»Gern.«

Wir saßen hinter einem Käfig. Auf dem Rücksitz roch es nach Rauch, Parfüm und Kotze, was interessante Fragen danach aufwarf, was man in Hastings-on-Hudson unter Polizeiarbeit verstand. Der Chief nahm die Kurven sanft, umherstreifend, sich schlängelnd, wie ein Fahrer, der sich über Geschwindigkeitsbegrenzungen nicht den Kopf zerbricht.

»Veranstaltet ihr beiden regelmäßig solchen Mist?«

»Was meinen Sie mit ›Mist‹?«

»Sich in die Hände eines solchen Typen zu begeben, wie euer Freund hier einer ist?«

»In seinen Händen wäre ich jederzeit gern Mist«, sagte Clea trotzig.

»Nun, mittlerweile ist er alt und wahrscheinlich ziemlich harmlos«, sagte der Chief. »Hab ihn die Tage in der Apotheke gesehen, wie er sich einen dieser aufblasbaren Donuts besorgt hat, zum Draufsitzen, wenn man Afterbeschwerden hat. Nach dem, was ich so gehört hab, sind diese Beschwerden bloß die gerechte Strafe, würde ich sagen. Wir sind ja keine Idioten hier, wisst ihr. Als er aus der Stadt herzog, haben ihn ein paar Geschichten verfolgt. Ist mal ein schlimmer Finger gewesen.«

»Er ist der größte Satzmacher in den Vereinigten Staaten von Amerika«, sagte ich.

»Hab mal einen Blick reingeworfen«, sagte der Chief. »Er ist nicht schlecht. Ich frag mich bloß, ob ihr euch je mit dem Inhalt seiner Bücher auseinandergesetzt habt statt lediglich mit den einzelnen Sätzen.«

»Sätze *sind* Inhalt«, sagte Clea.

Der Chief hob in gespielter Kapitulation die Hände. »Na gut, in Ordnung, ich hab gesagt, was ich zu sagen hatte. Über eines seid euch aber klar – egal, was ich persönlich von seinem Charakter oder seinem Schreiben halten mag, steht er wie jeder andere Bürger dieser Stadt unter meinem Schutz. *Comprende?*«

»Sprechen hier oben alle Spanisch? Ist dies eine zweisprachige Metropole?«

»Das reicht jetzt, junge Frau. Hier ist die Econo Lodge. Euch noch einen schönen Tag.«

»Danke, Chief.«

Wir schlichen in das in Schlummer liegende Atrium der Econo Lodge. Ein uniformierter Angestellter im Teenageralter blinzelte zur Begrüßung, hob dann die Hand. Wir ignorierten ihn. Der König der Sätze stand neben einem Tresen, auf dem Pumpkannen mit Gratiskaffee standen, die die Aufschriften *Premium*, *Diesel* und *Flugzeugbenzin* trugen. Der König nickte schweigend, winkte uns mittels eines Schwenks seines Kinns herbei. Wir folgten ihm einen zungenfarbenen Korridor hinab. Ich strengte mich an, mir nicht den After-Donut vorzustellen.

»Da rein«, sagte er.

Der König schaltete in dem fensterlosen Raum nur eine Nachttischlampe an. Wir quetschten uns hinein, das Zimmer maß kaum mehr als das Queensize-Bett. Die Klimaanlage rumpelte und summte. Es war eisig. Der König setzte sich auf den einzigen Sessel, wies uns die Bettkante zu. Wir nahmen Platz.

Clea und ich setzten gleichzeitig an, verhedderten uns im Sprechen ineinander. »Wir sind …«, sagte ich. Clea sagte: »Sie sind …«

»Verlieren wir keine Zeit«, unterbrach uns der König. Er sprach mit einem erschöpft klingenden knurrenden Unterton, aus Stimme und Habitus war jegliche Verheißung auf Erlösung getilgt. Unser Rendezvous hatte nun etwas von der Brutalität eines Endspiels angenommen. »Wollt ihr Geld?«

»Geld?«, sagte ich.

»Ja, genau.« Er griff sich in die Brusttasche seines Hemdes und brachte einen Packen Zwanziger zum Vorschein, offensichtlich extra eingesteckt. Mit aller Wucht wurde mir klar, dass er uns für Erpresser gehalten hatte. Womöglich wurde er routinemäßig erpresst und hatte für die regelmäßigen Zahlungen stets Bargeld dabei. »Wie viel, damit ihr verschwindet?« Er fing an, Stapel abzuzählen: »Zwanzig, vierzig, sechzig, achtzig, hundert, zwanzig, vierzig, sechzig, achtzig, zweihundert …«

»Wir wollen Ihr Geld nicht!«, schrie ich beinahe. »Sie haben uns genug gegeben, Sie haben uns alles gegeben! Wir sind hier, um etwas zurückzugeben!«

»Ich nehme an, ich sollte mich freuen, das zu hören.« Nachlässig steckte er das Geld wieder ein.

»Ja, wir möchten, dass Sie sich freuen.«

Er zog eine einzelne Augenbraue hoch. »Was habt ihr denn für mich?«

Ich zog mein Polohemd aus der Hose und befreite mein Kapitel aus der geheimen Druckkammer an meinem Bauch, die Seiten eine gewellte und zusammengebackene Masse.

»Hab schon gedacht, du siehst irgendwie komisch aus!«, rief Clea. Ich ignorierte sie und reichte dem König die Seiten hinüber. Er nahm sie an, einen säuerlichen Ausdruck im Gesicht.

»Einen Moment lang habe ich gedacht, du würdest dich ausziehen«, sagte er.

»Würde Ihnen das gefallen?«, platzte Clea heraus. »Sollen wir uns ausziehen?«

Der König musterte uns krass. Schmachvollerweise legte er mein Kapitel unter den Sessel auf den Teppich. Vielleicht waren wir nun am Scheideweg angelangt, vielleicht hatten wir nun endlich seine Aufmerksamkeit. »Ja«, sagte er vorsichtig. »Ich denke, das könnte … von Vorteil sein.«

Wir zogen uns aus, wetteiferten darum, als Erster nackt seinem Blick ausgesetzt zu sein. Ich würde das Rennen eh verlieren, weil Clea das Spiel manipuliert hatte: Sie hatte sich mit blauem Filzstift einen Satz auf den Bauch geschrieben. *Der Hexenmeister konnte sich in letzter Zeit nicht entsinnen, ob er ein guter Schläfer oder Insomniker war.* Brillant, dachte ich bitter. Der König stierte. Ich sah Cleas Schamhaar durch seine Augen. Cleas Busch war üppig und wild. Ich werde diesen Busch nie wieder sehen, ohne das Schamhaar zu sehen, das der König der Sätze einmal angestarrt hat, dachte ich. Der König sagte: »Insomniker, glaube ich.«

Clea errötete rund um den Satz herum, ihre Haut strahlte wie Neon.

»Gebt mir eure Sachen, bitte.«

Wir reichten dem König die Sachen. Sofort begann er damit, sie zu zerreißen, in einer Art erschöpftem Zerstörungswahn zerfetzte er unsere T-Shirts von Ärmel zu Ärmel, zerkleinerte Cleas BH und Slip und schlitzte mit seinen Nikotinzähnen ihren Rock auf. Meiner Jeans überhaupt irgendwelchen Schaden zuzufügen, kostete ihn Mühe. Ich hatte das Bedürfnis, ihm irgendwie helfen zu wollen, stand aber in meiner Nacktheit da wie in Aspik und tat nichts und hatte auch nicht den Wunsch, ihn zu beleidigen, ihn auf seine Schwäche anzusprechen. Der Anblick war gewaltig genug, angesichts seines Alters. Die Hände, die die alles überragenden Sätze der zeitgenössischen amerikanischen Literatur geschmiedet hatten, zerlegten nun die Syntax meiner Unterwäsche.

Schon bald lag unsere Alltagskostümierung in einem unschicklichen Häufchen der Zerstörung zu unseren Füßen. Mein Kapitel, unter der Kleidung und den Beinen des Sessels verstreut, war vergessen. Er hatte sich nicht einmal einen Satz angesehen und würde das auch nie tun. Ich wusste, ich würde ihm vergeben müssen. Also tat ich es gleich an Ort und Stelle: Ich vergab ihm.

Der König ging zur Tür. Wir standen barfuß da, leicht wankend, überzogen von Gänsehaut, stießen noch immer Schwaden der Erwartung aus wie Atem bei Frost.

»Das ist alles?«, sagte Clea.

»Ob das alles ist, wollt ihr wissen? Ja, das ist alles. Das ist mehr als genug.«

»Sie lassen uns hier zurück.«

»Das tue ich.«

Er schloss vorsichtig die Tür, knallte sie nicht etwa zu. Clea und ich ließen angemessen viel Zeit verstreichen, wandten uns dann wieder dem jeweils anderen zu und klammerten uns in einer Art Taumel aneinander fest. Verstanden, ganz plötzlich und zu guter Letzt, was es hieß, König zu sein. Was man letztlich in Kauf nehmen musste.

REISENDER ZU HAUSE

1.

Reisender erwacht. Reise beginnt. Keine Träume diese Nacht. Taschen vor Sonnenaufgang gepackt, Spüle geleert, Wecker klingelt, Reisender drückt Schlummern, denkt Schlummer-Nullnummer, liegt dann aber wach, sehnt sich nach zweitem Klingeln. Dilemma mit Zahnbürste gelöst, auf Aktentasche gelegt, wegen Nichtvergessen. Spukwinkel im Morgenlicht, Zahnbürste suggeriert Sonnenuhr. Neue Richtung im Morgenlicht. Kein Weg besser als jeder andere mögliche. Der nächtliche Schnee hat Spuren verwischt. Selbst Schaufel vergraben. Auto in Schneepflughügel, unmöglich zu sagen, wo. Fahren erst wieder, wenn's im Frühling schmilzt. Muss mit Pflugmann sprechen, soll Rechnung schreiben. Nicht den Hauch einer Chance. Konfrontation vertagt, den Weg beschreiten hoffnungslos. Backwaren dabeihaben, wenn möglich. Wohl kaum. Pflugmanns Haus selbst unauffindbar. Autos in klumpigem Gehsteig-Kuchen durcheinandergewirbelt, starre Eiswände vom All aus zu erkennen, per Satellitenauge. Pfad in letzter Zeit nicht mehr gesehen. Pflugmann baut Hydrokultur-Gewächshaus-Essen an, verlässt sich nur noch auf Pflugmann-Energie, Pflug-Batterie und Scheinwerfer unerschöpflich. Pflugmann unterrichtet Pflugmanns wunderschöne Töchter zu Hause. Sieben Schwarzhaarige, wie Orgelpfeifen. Nicht zu hören, aber im Kopf. Reisender allein. Reisender schmachtet. Reisender erwacht, hat geträumt anscheinend. Fahrkarten verloren. Automatenkaffee. Zahnbürste unaufgefunden. Winkel von Tageslicht. Schnee weht. Schnee geht. Schuh fehlt. Moosig-wurzeliger Pfad. Verfallene Brücke. Asteroidenregen. Reisender erwacht. Doppelter Traum. Traum schüttelt zweite Haut ab, nasses Hundefell. Wecker außer sich, bestürzt von Spanne zwischen erstem Wecken und Fünf-Minuten-Schlummer. Reisender duscht. Zahnbürste schäumte. Thermoskanne randvoll. Reise im Gange.

2.

Reisender sitzt allein vorm Fernseher. Nicht allein, mit Terrier. Aneinandergeschmiegt mit Terrier auf Sofa in dunklem Haus, Heizung unter Fußboden rumpelt, draußen fällt wieder Schnee. Fernbedienung praktisch auf Sofa. Reisenders Flatscreen-Plasma-Fernseher, monströse Erscheinung, einziger Lichtschein in warm-dunklem Haus in weiß-dunkler Nacht. Terrier schaut auch, stellt Kopf schräg bei Bewegung, knurrt kehlig an, was nur entfernt rattenartig aussieht, Schatten umschleichen Ecken von Bildschirm. Terrier, der nie echte Ratte gefangen hat. Parabolantenne versorgt Reisenden mit fünfhundert Kanälen, zumindest nominell, aber Dutzende sind Brachland, Einöden des *Pay-per-view*, Kochshows, Sportsendungen, Cartoons. Immerhin vierzig oder fünfzig Kanäle mit Spielfilmen, davon nur eine Handvoll mit Werbung. Heute Nacht schaut Reisender *Insomnia*, Geschichte eines erschöpften Detectives, schlaflos, sich durch unfruchtbare, mittagsgrelle Landschaften schleppend, Killer auf den Fersen. Reisender hat Gefühl von Déjà-vu, hat den Film vielleicht schon gesehen oder einen ähnlichen, Remake oder Fortsetzung. Schleppt sich jedenfalls wie Detective sich durch Story schleppt, Kameraderie der Schlaflosen. Nacht längst eingebrochen überall, Fenster immer weniger oft von vorbeiziehenden Scheinwerfern erhellt, jetzt zieht nur noch gelber Schein des Blinklichts von Pflugmann vorbei. Hier, in seinem Kleinstadt-Landleben, hat Reisender mitgekriegt, haben seine wenigen rundum verstreuten Nachbarn einen Rhythmus wie ein Baby, schlafen, kaum ist's dunkel, sechs, sieben Uhr, stehen um fünf auf, sogar vier. Reisender mittlerweile lang dran gewöhnt, Stadtrhythmus beizubehalten, unmöglich, Gewohnheit zu ändern, im Umkreis von hundert Meilen womöglich einzig wachende Seele. Reisender und Pflugmann, in einer Nacht wie dieser. Pflugmann kratzt Straße frei, hoch oben in heißfeuchter Kabine von Pflug, beobachtet durch Windschutzscheibe in Breitwandformat Trichter vulkanisch-weißer Wirbel in Scheinwerfern. Reisender fröstelt.

Als dringe Schnee von draußen ein, befällt Reisenders Bildschirm Störung, friert digital ein, Statikbrei aus weißen Pixeln zerstören Aufnahmen von schlaflosem Detective. Reisender ignoriert, bis er nicht mehr kann, da Bild immer schlechter wird, Handlungsverlauf unkenntlich zerstört. Reisender seufzt. Zeitpunkt ist gekommen, wie von ihm vermutet. Parabolantenne draußen verkrustet, Eiszapfen zerfetzen Signal, weißes Zeug muss abgeklopft werden. Nicht das erste Mal. Terrier muss ohnehin dekantieren. Diese Pflicht vorrangig, zerrt Reisenden regelmäßig aus Wärme der Höhle ins Schneetreiben, Verlangen von Terrier nach einem Fleckchen Erde zum Parfümieren. Reisender zieht Mantel, Kniestiefel, Handschuhe an. Terrier an Tür erbebt begreifend. Reisender schnappt sich Küchenbesen zum Abschlagen von Akkumulation von Schüssel, Befreiung des Signals, Fortsetzung des Films. Kein Grund, warum Reisender und Terrier nicht in wenigen Minuten zurück auf Sofa sein können. Also, hinaus, ins Geheul. Reisender klemmt sich Terrier unter Arm, ein beschützter Fußball. Bei dieser Höhe von Schneefall für Terrier beinahe unmöglich, Plätzchen zum Hinhocken zu finden. Einen Nadelbaum mit schneegeschütztem Hohlraum zu finden, Bett aus kaum verstaubten Zapfen, große Hoffnung. Auf Suche nach idealem Platz Hund besser tragen. Terriers tiefhängender Bauch verklumpt sonst mit Eiszapfen und Terrier rennt entmutigt angefroren jaulend auf Veranda. Einfach probieren, Reisender trägt Terrier jetzt.

Zuerst Satellitenschüssel. Reisender stapft hüfttief durch Schneewehen an Hausseite. Streckt Besen nach Wirbel, zerkloppt klirrend Eis von gehäufter Schüssel, löffelt Schnee von Höhlung. Eiszapfen zerspringen zu Splittern tief in Schneewehe. Schüssel befreit, genug. Durch eigenes Fenster wie Yeti-Spanner sieht Reisender leuchtenden Bildschirm, Bild gerettet. Weit entferntes stratosphärisches Signal von lokaler Okklusion durch Teilchen befreit. Unergründliche Geheimnisse der Wissenschaft am besten ignorieren. Schlafloser Detective wiederhergestellt, Störungsintermezzo von ihm unbemerkt. Leere Räume gleichfalls unbeeindruckt, machen einfach so weiter. Jetzt fehlt nur noch Pinkeln des Terriers, dann rein, auf die Wärme beharren, Stiefelpfütze schmilzt vom Gebläse. Reisender trägt Hund und Besen durch freiliegenden Teil von Hof, hochfallender Schnee, in den Wald, zwischen die Bäume, wo Baldachin Terrier Möglichkeiten bietet.

Reisender hatte in wärmeren Monaten angefangen, Pfad in Wald zu schlagen, Arbeit in ungewohnter Intimität mit Schößlingen, Holzsägen, Mammut-Baumwipfelscheren. Durch Wald geackert, Fuß um Fuß, hin zu Rendezvous mit bereits fertigem Pfad, tief zwischen Bäumen, hinter all ihren Häusern unsichtbar entlanglaufend. Lokal bekannt als »Säuferpfad«, frecher Hinweis auf stockbesoffene Farmer, nach Hause schleichend, vor richtenden Veranda-Blicken geschützt. Kein Gespür, wie viel weiter, um diesen älteren Pfad zu erreichen, Reisender hatte einfach weiter gekappt, gehackt, eine eigene Schneise geschlagen. Will ohnehin Platz schaffen für Terrier zum Koten. Heute Nacht ist Pfad weißer Tunnel, Bäume groß und klein schweigend verhangen, Kegel von mondbeschienener Intensität. Reisender setzt Terrier ab an relativ seichter Stelle, wartet. Terrier alarmiert, knurrt. Reisender guckt. Vorne auf Pfad jetzt, aufgereiht im Wald, sieben Wölfe. Zähne bloß, auch knurrend, bereit. Die immer Gefürchteten. Reisender hat Tiere gesehen hier, klar, hauptsächlich Beutetiere, Hirsche, Häschen. Niemand von hier würde sie Häschen nennen, aber ihm fällt kein anderes Wort ein. Einmal einen Fuchs, harmlos dekorativ. Adler oben ändern manchmal Richtung, als wäre Terrier ins Fadenkreuz geraten. Einheimische witzeln, er solle Terrier am besten drinbehalten. Bei Fuß, den Stadthund. Jetzt sind sie gekommen, die Einheimischeren. Durchkämmen Gegend nach Besoffenen vielleicht, aber sie werden nehmen, was sie kriegen. Reisender immer als Gefahr für Terrier befunden, nie für sich selbst. Reicht Besen zum Verjagen? Dann sieht er Korb.

Wolf taucht jetzt von hinten aus Gruppe auf, tapst auf weißem Pfad, Korb im Maul. Andere weichen zur Seite, um Durchgehen zu gestatten. Terrier knurrt noch immer tief in Kehle, Wölfe unbeeindruckt. Reisender reckt Hals für Blick in Korb. Ein Baby da, Menschentier, schwach krähend. In blankes Laken gehüllt, etwas schneebehangen. Wolf schlägt vielleicht Tauschhandel vor, Baby gegen Terrier, um Hunde-Hoheit für sich zu beanspruchen. Erwarten sie von Reisendem Baby zu essen? Warum haben Wölfe selbst Baby nicht gegessen? Unmöglich zu fragen. Reisender dreht wie aus Instinkt Besen, um Stiel vorzustrecken. Wolf genehmigt. Der Korb ist unerwartet leicht. Reisender holt ihn ein. Wölfe wenden auf Pfad, gehen auseinander, verlangen nicht Terrier oder irgendwas sonst im Gegenzug. Terrier, Idiot, knurrt weiter sich zurückziehende Gestalten an, als habe er sie persönlich vertrieben. Reisender nimmt Korb in Arme, lässt Besen in Schnee sinken. Später wiederfinden. Auch für Terrier kein Arm frei, Hund muss also durch Schneewehen springen, verschwindet unter ihren Anhöhen und verkrustet vollständig, folgt so Reisendem und Korb mit Baby auf Veranda und nach drinnen.

Baby, drinnen ausgewickelt, ist Baby-Junge. Weißes Laken fleckenlos, obgleich, genau als Reisender diese Beobachtung macht, Baby gelb bogenstrahlt und Auskleidung in Korb benetzt. Reisender findet Handtücher, tupft Gliedmaßen trocken, ersetzt Laken durch Handtuch, erste Lektion in Babys vollkommen direkten Forderungen. Von der eine andere Füttern lautet. Mund gespitzt in stummer Erwartung. Um nichts anderes geht es, außer diese zu erfüllen. Reisender hat kaum irgendwas im Kühlschrank, am wenigsten Milch. Schlecht ausgestattet für sich selbst, geschweige denn Neuankömmling. Hätte Vorrat anlegen müssen vor Sturm, klassischer Stadtbewohner-Fehler von Reisendem, jetzt wartet Auto auf Schneepflug, hilflos in Einfahrt gefangen. Pflugmann unanrufbar, draußen unterwegs auf nächtlichem Feldzug. Würde ihn wahrscheinlich auch nicht anrufen, selbst wenn möglich. Reisender hat keine Vorstellung, wie weit unten er auf Pflugmanns Liste ansässig ist, aber tief auf jeden Fall. Räumt oft in Herrgottsfrühe, alles fertig, wenn Reisender aufsteht, stummer Verweis aufs frühe Aufstehen der

Landbevölkerung. Rechnung stellt Pflugmann nie, verwehrt Reisendem Möglichkeit zur Beschwerde. Als er mal fragte, lachte Pflugmann schroff, als sei Räumen für Reisenden lächerlich und vernachlässigbar. Gab dann ein bäuerliches Rätsel zum Besten: »Ich werde etwas berechnen, wenn ich genug getan habe, dass sich das Berechnen lohnt.« Daher kein Verlass darauf, wann der Weg frei ist zu Lebensmitteln, Milch, Flaschen mit Nippeln, Babynahrung in Gläsern, falls dieses Geschöpf schon bereit für so was ist. Dieser Mund wird nicht mit sich diskutieren lassen, nicht warten, so viel ist Reisendem klar. Kramt in Kühlschrank, entdeckt ein Fitzel Milchprodukt, ein Stückchen Brie. Terrier guckt zu auf einer Seite, hohes Jaulen in Kehle. In Babys Interesse unzögernd, schnitzelt Reisender weiße hornige Rinde von Käse, denkt währenddessen, wie ähnlich Abkratzen von Käse dem von auf Straßen erdrückter Schnee ist. Aber keine Zeit für fruchtlose Vergleiche. Reisender befreit klebrige Mitte aus Innerem von Käse, übergießt es in Schale mit Wassertropfen, vermatscht es mit Unterteil von einem Löffel zu joghurtartiger Flüssigkeit. Tropft Mixtur in wartenden Mund. Baby isst mit Gier, zu ursprünglich, um es Dankbarkeit zu nennen. Schläft zwei Stunden, verlangt dann Wiederholung. Reisender wiederholt. Bei drittem Wecken trottet Terrier, schließlich gelangweilt von neuen Ritualen, weg und rollt sich in Schlaf. Baby schläft, wacht auf, Reisender wiederholt. Auf diese Weise schaffen Reisender und Baby es durch Nachtdunkelheit. Warten auf Licht und einen Weg zur Stadt, zu Ärzten, Supermarktregalen, Windeln. Irgendwo draußen arbeitet Pflugmann.

3.

Sie rettete gern Hunde, rausgeflogen aus Familienkombis, Pflugmanns verrückte Älteste, ganzer Ort kennt sie so, als ob ihr ein Bein fehlte oder ein Geburtsmal auf Stirn säße, als die Verrückte. Sommer sucht die verflixte Krümmung in Straße heim, wo unvertraute Fahrer nie verlangsamen gemäß Notwendigkeit der Kurve, Asphaltdecke von kurvigen Bremsspuren bedeckt, Gegenständen, aus schlecht gesicherten Pickups geschleudert, im Winter eine Glatteisfalle, regelmäßige Abschlepparbeiten für ihren Vater Pflugmann. Hat hier ihren ersten Fang gemacht mit fünfzehn: Collie lehnte aus offenem Rückfenster, sprang bei zentrifugaler Seitenlage, Weg des geringsten Widerstandes, während die Familie nichts bemerkte, drei oder vier Kinder auf Rücksitz stritten, Stimmen übertönten Vaters Baseballübertragung im Radio, keiner merkte was, paff, Hund weg. Reinrassiger Fünfhundert-Dollar-Stadthund, sie kommen nicht einmal zurück, oder falls doch, hat Pflugmanns verrückte Älteste die seidig glänzende, eifrige Kreatur da schon in Pflugmanns Scheune weit ab von Hauptstraße angebunden, nicht den Hauch einer Chance, egal wie hartnäckig sie suchen.

Sie machte diese anormale Begebenheit zu einem Präzedenzfall, fing an, sich geierartig an Straßenkrümmung herumdrückend Wache zu halten bei wärmstem Wetter, sammelte unglaublicherweise weitere drei Hunde, aus runtergekurbelten Fenstern geplumpst, in folgendem Sommer ein, noch einen Collie, damit es ein Paar war, einen Dackel, lustiger Watschler in Straßenrand-Efeu gestrandet, und eine Bulldogge, dieser letzte ihr bester Kumpel, von da an überall mit ihr gesehen, als Beifahrer in Führerhaus von armseligem Pickup oder bei ihren sporadischen Stadtbesuchen, im Postamt oder Kramladen, die Rasenfläche der Kirche oder Bibliothek überquerend, die trotzige Überlebenskünstlerin und Jungfer mit faustartigem, sabberndem Hund, Pflugmanns wilde, Pflugmanns bedauerliche, Pflugmanns verrückte älteste Tochter.

Diese Einfang-Stelle am Straßenrand nahmen die anderen sechs als Freibrief, der Anspruch der Ältesten ging auf ihre Geschwister über. Sodass die Straßenkrümmung tief im Wald nur vom Prinzip her eine öffentliche Durchfahrt war, örtlicher Konsens Pflugmanns Töchtern aber Gewohnheitsrecht garantierte, Immunität, nicht bloß ein Durchgangsrecht oder Wegerecht, sondern sogar das Recht, alle anderen anzuhalten, die dort entlangfahren wollten. Wem diese Wälder gehören, weiß ich, glaube ich. Wer aber sagt, dies wäre das 20. Jahrhundert? Wen interessiert das überhaupt? Wo Reisender hinkam, um heimisch zu werden, gelten ältere Gesetze. Er hat gelernt, sie zu achten. Diese Straße während der Sommermonate fahrend, ist Reisender immer wieder rausgewunken worden, von einer Tochter oder der anderen, trotz wachsender Schönheit bei sinkendem Alter unmöglich, komplett auseinanderzuhalten, wenn nur eine in Sicht, wegen Zwangsspende, um freiwillige Feuerwehr zu unterstützen, eine Phantasieeinheit, gut möglich, oder die Töchter selbst mit Feuerwehrhelmen, vielleicht mit Bulldogge auf Vordersitz vom Pickup, eilen zum Schauplatz, Gott steh allen bei, sollte je irgendwas Feuer fangen. Oder wegen Angeboten an spontanen Ständen am Straßenrand, gleichermaßen aufgezwungene Käufe von grotesk übergroßen Riesenkürbissen und Zucchini, Gartensachen, die vor Fruchtbarkeit explodieren und niemand wirklich essen will, noch weiß, was damit machen. Der Witz der Einheimischen, man solle spät im August die Küchentür abschließen, sonst würden die Nachbarn einige Kürbisse abladen. Reisender zahlt immer, denkt, ist seine Version einer Kommunalsteuer, einer Maut. Beträge sind in Wahrheit absurd niedrig, muss nur Preis von Demütigung abschreiben, für Reisenden einfachste Übung.

Reisender ist also nur halb überrascht, diesen Morgen um schneeweiße geräumte Biegung im Wald zu kommen und sich Straßensperre aus Pflugmanns Töchtern gegenüberzusehen. Reisender kriecht langsam Straße entlang, Lektion seit langem gelernt, knapp zwanzig km/h, damit Reifen Haftung behalten auf dichtem Eisschotter, noch langsamer mit Baby in Korb, zur Sicherheit hinter Fahrersitz geklemmt, Baby schlummert, betrunken von Brie, dick und sicher in Frottee eingepackt, Nase und Mund allein unbedeckt für winzige Atmer. Terrier ausnahmsweise in Haus zurückgelassen. Alle sieben Töchter, erstes Mal, soweit Reisender sich erinnert, das ganze Aufgebot. Nur eine während der verschneiten Monate zu sehen, wäre schon eigentümlich, wo örtliche Sitte so stark ist, unterzutauchen und Winterschlaf zu machen, aber so viele tief im Wald, nie gesehen. Heute aber sind sie gekommen, um Vorrecht der Straße geltend zu machen. Hand von zweitältester Tochter ist in Bullenart erhoben. Kein Zweifel am Bremsen, bei solcher Langsamkeit würde er wohl kaum versuchen, ihnen auszuweichen, eigentümlich, dass solche Phantasien hochkommen, egal welche Angst Reisender in Erwartung einer solchen Begegnung hier auch spürt. Nachbarn schließlich. Gepflogenheiten, Reisender muss sich immer wieder klarmachen, er ist der Eindringling, wo fünf Generationen in selber Straße und im selben Haus Maßstab sind.

Zweitälteste kommt zur Fahrerseite, als Reisender es bloß einen Spalt herunterkurbelt, Kälte vermutlich Entschuldigung für diese Unfreundlichkeit. Behandschuhte Hand jetzt zum Gruß erhoben, Reisender antwortet ähnlich, handschuhlos. Zweitälteste eine männisch-alterslose Waldfrau, aber durchaus denkbar bei Feuerwehr oder als Anführerin einer Bürgerwehr, denkt Reisender jetzt. Zeigt keine Spur der Verrücktheit von Ältester. Andere Töchter bleiben zurück, blockieren Straße, durch kristallenes Schimmern von Windschutzscheibe nicht zu unterscheiden, bis auf eine, die er jetzt mit senkrechtem Gewehr sieht, so wie an einem russischen Grenzübergang. Ländliche Manier. Reisender fügt sich immer.

»Morgen.«

»Morgen.«

»Ganz schön heftige Nacht.«

»Stimmt, der Tag ist aber auch nicht ohne.« Reisender macht eine Geste zu den weiß beladenen Bäumen, der modellierten Spitzenborte, die durchgezogener Blizzard ohne Wind hinterlassen hat.

»Haben Sie zufällig letzte Nacht ein Heulen im Wald gehört?«

»Im Wald?«

»Beim Säuferpfad, mehr oder weniger.«

»Kein Heulen, nein.«

»Wölfe, heißt es. Passen Sie lieber gut auf ihren kleinen Hund auf, nicht frei rumlaufen lassen.«

»Das bekomm ich immer gesagt, ja, ist klar.«

»Waren Sie zufällig aus irgendeinem Grund selbst im Wald?«

»Nicht so tief, als dass ich Geheul gehört hätte«, sagt Reisender, hört, wie er nah dran ist zu lügen. »Bloß am Rand, zum Pinkeln, der Hund musste pinkeln, meine ich natürlich. Ich pinkel im Haus.«

»Klar machen Sie das. Was dagegen, wenn ich einen Blick in den Wagen werfe?«

»Tun Sie doch bereits.«

»Was dagegen, wenn ich bisschen genauer gucke, indem ich etwa die hintere Tür da öffne?«

»Nun, ich denke nicht, nur zu«, sagte Reisender schwach, da sie es bereits getan hat.

»Hier ist er«, sagt Pflugmanns Zweitälteste, und jetzt kommen die sechs anderen und scharen sich drumherum. Tatsächlich tragen vier Gewehre, zählt Reisender. Pflugmanns Töchter, wachsende Schönheit bei sinkendem Alter, wobei Jüngste mit Abstand die Schönste ist, wie Reisender hilflos zugibt. Hätte Pflugmann eine achte, ihre Schönheit könnte gefährlich sein, blind machen oder sonst wie fatal sein, nur gut also, dass Pflugmann bei sieben aufgehört hat. Diese Jüngste reicht nun ihr Gewehr weiter, hebt Baby aus Korb, noch immer handtuchgewickelt, drückt ihre Wange an Babys Nase, vergrößert dann Öffnung in Handtuch an Babys Mund und steckt sich Baby in Mantel, wo Reisender möglicherweise Blick auf blanke Brust erhascht, bevor Gedränge anderer Töchter jeden Blick versperrt.

Zweitälteste knallt Reisenders Hintertür zu, nachdem sie Anspruch auf Korb erhoben hat. »Jetzt können Sie fahren«, sagt sie, nicht unfreundlich.

»In Ordnung, aber dürfte ich zuerst fragen, kennen Sie das Baby bereits?«

»Wir haben das Baby erwartet, ja.«

»Dann hat der Wolf das in Wirklichkeit wohl nur irgendwie falsch geliefert?«

»So könnte man das sagen.«

»Nun, ich möchte einfach bloß verantwortlich handeln.«

»Das haben Sie getan, und seien Sie versichert, dass wir keineswegs undankbar sind. Wenn Sie nun bitte den Weg freimachen würden, man kann nie wissen, wann mit weiterem Verkehr zu rechnen ist, und die Krümmung hinter Ihnen ist sehr schlecht einzusehen, außerdem ist bei dem Wetter das Bremsen problematisch.«

Geschenkt, dass Pflugmanns Töchter sein eigenes Bremsen auf besagter Krümmung verlangt hatten. Geschenkt, dass Verkehr in dieser Gegend hier eine komische Vorstellung ist, er sich fragt, ob sie je welchen gesehen haben, diese Landbewohner, wie es kommt, dass sie davon ausgehen, das Wort überhaupt einmal verwenden zu können. Geschenkt die Fragen, die für Reisenden unausgesprochen sind, wie sieben Wölfe und sieben Töchter, was hat es damit eigentlich auf sich? Fragen ohne jede Möglichkeit, sie zu stellen. Geschenkt die Übernachtung mit Baby, das gewachsene Gefühl zwischen ihnen, oder bei Reisendem zumindest, schwer zu sagen, welches Gefühl Baby hatte. Reisender fragt sich, ob Baby hätte bleiben können, in Haus aufwachsen, ein anderer Reisender werden. Geschenkt. Reisender hebt erneut die Hand und kurbelt das Fenster hoch, fährt weiter, Richtung Stadt. Er muss Vorräte anlegen für sich selbst und den Hund, das sowieso beziehungsweise wenigstens.

VERFAHREN UNTER FREIEM HIMMEL

Später, nachdem die Männer in Overalls vorgefahren waren und begonnen hatten, das Loch zu buddeln, würde Stevick sich daran erinnern, dass der Typ neben ihm auf der Bank irritiert in den Konus seines großen Kaffees geblickt und sich für die Frage zu interessieren versucht hatte, ob das Gebräu des Cafés einen seifigen Nachgeschmack hatte oder nicht. Der Tag war grau, die Anzeichen für Regen gewichtig. Nicht ideal, um auf der Bank vor dem Café zu sitzen, drinnen aber hielt Stevick es mittlerweile aus allen erdenklichen Gründen nicht mehr aus: dem Ambiente des Ladens und seinem originellen Namen, dem fein bestückten iPod und den zu gekonnt auf Industrie getrimmten Stühlen, Tischen und Theken, den Overdressed-mit-Wuschelhaar-Typen, von denen es nur so wimmelte und die auf nervtötende Weise ihr Web-Gesurfe betrieben oder das Echte-Welt-Äquivalent, bei dem ihre Augen Kreisbahnen im Raum beschrieben, und von denen ihm jeder Einzelne das Gefühl gab, von Moos bewachsen, korrodiert und fehl am Platz zu sein. Hinzu kam die Gefahr, seiner Ex, Charlotte, zu begegnen, weshalb er nie auch nur schaute, ob ein Platz frei war – er wollte keinen. Er war ein Freiluft-Bänkler, versuchte mit den anderen dort sein Glück, die Rücken zum Fenster des Ladens, und wenn Regen sie vertrieb, hatte er sie für sich. Ebenso wenig Wert legte er darauf, zu überlegen, ob der Kaffee nach Seife schmeckte oder nicht. Er versorgte sich mit seinem morgendlichen Kick, seinem Muntermacher, und dieser Laden, mal abgesehen davon, dass er für ihn an der richtigen Ecke des richtigen Blocks lag und er einfach hineinstolpern konnte, servierte, einmal gänzlich aus der Süchtigen-Perspektive betrachtet, einen angemessen aufrüttelnd-kräftigen Trunk. Da konnte es seinetwegen auch nach Lysergsäure schmecken oder Austern. Vielleicht hatte jede Tasse Kaffee, die er je getrunken hatte, nach Seife geschmeckt, und er konnte Seife nicht von Kaffee unterscheiden – wer wusste das schon?

Eigentlich wollte Stevick sich um einen Job kümmern, tat es aber nicht. Eine allzu großzügige Abfindung hatte während der Monate, in denen es wichtig gewesen wäre, seine Motivation beeinträchtigt. Jetzt, wo sich der Memorial Day näherte, herrschte im Manhattaner Büroleben bis September Flaute. Stevick saß also wie eine Krähe am Morgen auf dieser Bank, als der Lieferwagen kam. Sein Platz in der ersten Reihe rief bei ihm Erinnerungen wach an Puppentheater-Vorstellungen in seiner Kindheit, wie er zu der Bühne mit dem geschlitzten Vorhang hinaufgestarrt hatte, aus der Punch und Judy und ihresgleichen herausragten. Der Seifen-Kaffee-Theoretiker krümmte sich über einem technischen Gerät, die Stirn in Falten gelegt, selig in eine Textnachricht-Aktion versunken, und sorgte so dafür, dass Stevick der einzige Zeuge war, als die Insassen des Lieferwagens ausstiegen.

Geparkt hatten sie, offenkundig achtlos, auf Höhe eines Hydranten, jedoch ohne sich dem Bordstein weiter als bis auf einen knappen Meter zu nähern. Autos bremsten im Vorbeifahren ab.

Stevick bezweifelte, dass ein Müllwagen vorbeigepasst hätte. Sicherlich ein zeitweiliger Standort, ein Kompromiss. Das Gefährt war ein plumpes, stahlvernietetes Etwas, das wie ein umgebauter Wäsche- oder Windellaster aussah, nicht so wuchtig wie jene, die für Geldtransporte verwendet wurden, aber auf seine Art ebenfalls massiv. Zwei Männer in Overalls sprangen aus dem Führerhäuschen und hatten binnen einer Minute orangefarbene Hütchen aufgestellt, um ein Gebiet abzustecken, das sich mehr als einen Meter hinter den Lieferwagen erstreckte sowie zwischen diesem und dem Bordstein. Einer betrachtete den Hydranten und verpasste ihm dann ironisch ein Hütchen, das dahockte wie eine Eselsmütze. Eine effektive Vorsorgemaßnahme gegenüber jeglichem Protest seitens der Ureinwohner des Viertels, eine billige Trumpfkarte: Die Männer in den Overalls hatten offenbar eine offizielle Funktion, auch wenn ihr Lieferwagen unbeschriftet war.

Die Gerätschaften, mit denen die beiden Männer das Loch aushoben, waren auffallend leise und effizient. Nachdem sie zunächst mit gelber Sprühfarbe ein Viereck auf dem Asphalt markiert hatten, schnitten sie mit einer Kreissäge von beängstigender Größe und Wucht die Teerdecke entlang der trocknenden Farblinien auf. Zu diesem Zeitpunkt mochten Stevicks Augen noch immer die einzigen gewesen sein, die zuschauten. Die Aktivitäten hatten womöglich fahrige, nicht lang anhaltende Blicke eines vorbeilaufenden Postmitarbeiters oder Kindermädchens auf sich gezogen. Herausgekommen aus dem Café in den kalten Morgen war hingegen niemand – dorthin, wo sich jene nicht selbstvergessen Verohrstöpselten aller Wahrscheinlichkeit nach in routiniertem Verdruss gegenüber dem Kreischen der Säge zusammenkauerten, so wie beim Geräusch einer vorbeikommenden Sirene oder dem Rumsen einer Lastwagenachse in einem Schlagloch –, war es doch nichts, was außerhalb der normalen Dezibelskala der Großstadt lag.

Die Pressluftbohrer allerdings gaben Anlass zur Klage. Einige genervte Stammgäste packten ihre Laptops zusammen und murrten in die ungefähre Richtung des Lieferwagens und der zugehörigen Arbeiter in Overalls, während sie den Schauplatz verließen, tapfer wie Vögel, die zu einem anderen Wipfel flogen. Einer der Thekenmenschen des Cafés, ein pummeliger Typ mit Schürze, der das Geschäft beeinträchtigt sah, protestierte unverblümter, drohte sogar mit der Faust. Aber die geringe Größe des Unterfangens ließ den Protest schnell abebben: Nachdem das Paar in Overalls die Thekenkraft ein oder zwei Minuten lang ignoriert hatte, wobei womöglich ein minimales Lächeln ihre Lippen kräuselte – oder war dies ein durch die Vibration des Geräts verursachter Effekt? –, wuchteten sie den Pressluftbohrer zurück in den Lieferwagen und holten stattdessen Schaufel und Spitzhacke hervor, mit denen sie das Loch behände von zertrümmerten schwarzen Brocken befreiten. Stevick spendete dem Thekenmenschen nickend Trost, der ihm immerhin vor einer Dreiviertelstunde seinen seifigen Kaffee eingeschenkt hatte. Was davon übrig war, war kalt.

¶

Die Ausschachtung war abgeschlossen, als Stevick eine halbe Stunde später auf dem Weg zum Café vorbeilief, nachdem er seine Wäsche beim Koreaner abgeholt hatte und bei sich zu Hause auf dem Klo gewesen war. Noch immer dräute Regen bloß. Stevick konnte nicht sagen, warum ihn die Aktivitäten, die mit der Ankunft des Lieferwagens eingesetzt hatten, so faszinierten; irgendeine Ahnung, so nahm er im Rückblick an, obgleich es für ihn nicht ungewöhnlich war, während eines Morgens der Prokrastination das Café zwei oder drei Mal anzusteuern. Das Loch war tief und akkurat, ausgeschachtet entlang der aufgesprühten Markierung, die an zwei Ecken noch sichtbar war, wo die Farblinien, indem sie sich kreuzten, eine kleine Lache gebildet hatten und verschmiert waren: eine auf dem Kopf stehende Telefonzelle aus ausgehobener Erde und Schutt. Drei dicke Bohlen lagen gestapelt neben dem Loch, so zugeschnitten, dass sie einen groben Deckel ergaben, nahm Stevick an. Der einstige Inhalt des Schachts war am Bordstein in fragwürdiger Weise aufgehäuft worden – so würde der Hydrant nicht so bald wieder in Dienst genommen werden. Das orangefarbene Hütchen war noch da, hockte ihm wie ein schlecht sitzendes Kondom auf dem Kopf. Der Lieferwagen allerdings war verschwunden.

Und dann war er wieder da, kam vor ihm am Gehsteig ruckartig zum Stehen, als reagiere er auf Stevicks Präsenz, sein Interesse; so absurd der Gedanke auch sein mochte, durch den Kopf gegangen war er Stevick. Mit einer gelassenen Hartnäckigkeit tauchten die Männer in den Overalls wieder auf und öffneten die hintere Klappe des Lieferwagens, sprangen hinein und zerrten dann etwas ins Freie, das man zunächst für ein weiteres Gerät hätte halten können, sich dann aber als ein Mann entpuppte, ein menschlicher Gefangener. Der Mann trug die gleiche Montur, so als sei er jüngst aus ihrer Kompanie ausgeschlossen worden. Seine Haut aber, wie Stevick müde registrierte, ganz so, als ob diese Tatsache ihn dazu aufforderte, Wut in sich aufsteigen zu spüren, was jedoch nicht der Fall war, war dunkler als ihre. Sein Kopf war kahlrasiert, ihr Haar hingegen unberührt; sein Zwei- oder Dreitagebart struppig, während der eine von ihnen ein getrimmtes Kinnbärtchen trug und der andere glattrasiert war. Die Overalls unterstrichen also, statt Ebenbürtigkeit zwischen den dreien zu suggerieren, den Unterschied. Der Mund des Gefangenen war mit einem schmuddeligen Stofftuch geknebelt; mit einem weiteren waren seine Hände vor dem Körper gefesselt. Seine Augen machten sich nicht die Mühe zu flehen, während seine Geiselnehmer ihn zu dem frischausgehobenen Loch führten und ihn darin hinabließen, darauf bedacht, ihm an der bröckeligen Kante nicht die Ellbogen aufzuschürfen. Sie hatten gut gemessen: Der Gefangene passte haargenau unter die drei dicken Bohlen, als diese über seinem Kopf verlegt wurden. Einer der Arbeiter im Overall stand oben auf den Bohlen, testete mit sichtlicher Zufriedenheit deren Stabilität, während der andere behände die Hütchen hinten in den Lieferwagen lud. Jetzt, schließlich, begann es zu regnen.

»Wie …?«, setzte Stevick an, stockte dann, seiner Frage unsicher. »Wie lange wollen Sie ihn da unten drin lassen?«

Die zwei hatten wenig Lust, sich aufhalten zu lassen, hatten es eilig, im Fahrerhäuschen des Lieferwagens Zuflucht zu suchen. »Wir sind von Einrichtung und Lieferung«, sagte der Glattrasierte, nachdem er auf dem Fahrersitz Platz genommen hatte. »Abholung ist eine andere Abteilung.«

»Reden wir hier von Stunden oder Tagen oder Wochen?«, sagte Stevick und spürte, womöglich verspätet, ein vages Gefühl staatsbürgerlicher Courage in sich aufkommen, eine Ahnung, dass ihm als hiesiger Zeuge dieser Prozedur unter freiem Himmel gewisse Pflichten zugefallen waren, womöglich ganz automatisch, deshalb aber keineswegs weniger legitimiert. Außerdem mochten andere im Café vom Fenster aus zuschauen. Seine Frage war womöglich ziemlich lahm, doch für jeden, der zusah, konnte die Tatsache, dass er sich von der Bank erhoben und eine Art hinhaltende Befragung begonnen hatte, als entscheidend betrachtet werden, sowohl falls einmal versiertere oder erfahrenere Vertreter der Allgemeinheit weitergehend einschreiten sollten oder falls Stevick später einmal über sein Handeln Rechenschaft würde ablegen müssen.

»Ich habe mir für diesen Fall den Ablaufplan nicht genau angeschaut«, sagte der Fahrer. »Aber sie werden selten länger als drei oder vier Tage an einem Ort untergebracht.«

»Alles, was darüber hinausgeht, ließe sich nicht mehr als human bezeichnen, nehme ich an?«

»Geht eher darum, dass diese Maßnahmen ab einem gewissen Punkt einfach nicht effektiv sind. Hören Sie, wir müssen los.«

»Diese Bretter bieten ihm auf keinen Fall ausreichend Schutz vor dem Regen«, gab Stevick zu bedenken. Indem sie das Loch so nah am Hydranten platziert hatten, hatten sie verhindert, dass ein parkendes Auto das Loch würde abdecken können. Andererseits hatten sie dem Insassen des Lochs so womöglich das furchtbare Erlebnis erspart, durch das tiefhängende Dach eines Fahrgestells doppelt eingekastelt zu sein. Vielleicht dachte aber Stevick auch zu weit: In der Gegend war es unmöglich, einen Parkplatz zu finden, also hatten sie sich für die naheliegende Lösung entschieden.

»Edel von dir, das zu bemerken, Bürger«, sagte der Fahrer. Er gab dem Mann auf dem Beifahrersitz ein Zeichen, dem mit dem Ziegenbart, der mit verschränkten Armen dagesessen und mit den Augen gerollt hatte, Ungeduld markierend. Jetzt förderte dieser schweigende Kompagnon vom Boden der Fahrerkabine etwas zutage: einen schwarzen Taschenschirm – von der billigen, ausfahrbaren Sorte, wie man sie bei einem Schuster erwarb, wohin man sich während eines Wolkenbruchs gerettet hatte. Er gab ihn dem Fahrer, der ihn durch das Fenster Stevick reichte. »Und wir sind dir dankbar, dass du gerade jetzt vorbeigekommen bist«, sagte der Fahrer und wies dabei nickend auf das Loch. »Kannst dich gern draufstellen – es trägt locker dein Gewicht.«

Und damit verschwanden sie, und zwar endgültig. Stevick sah sie nie wieder; der Fahrer hatte ihn mit dem Hinweis auf die akribische Teilung der Aufgabengebiete nicht getäuscht. Jetzt gab es nur noch das Loch, den Insassen und Stevick mit seiner moralischen Verpflichtung, die er persönlich empfand. Denn als er nach Abfahrt des Lieferwagens den Blick zum Café wendete, sah er, dass ihn tatsächlich niemand vom Fenster aus beobachtete, an dessen Scheibe der Regen in Schlieren hinablief und einen triefenden Schleier bildete. Stevick spannte den Schirm auf. Im Loch war es still. Stevick hätte einfach nach Hause gehen können, ging stattdessen aber hin und testete die Stabilität der Auflage – an ihr bestand wenig Zweifel, er hatte gesehen, wie sie gearbeitet hatten – und brachte sich und die robusten Bohlen unter der fragilen Takelage aus schwarzem Stoff und Draht so gut es eben ging vor dem Regen in Sicherheit.

Während einer Flaute trat die beschürzte Thekenkraft vor die Tür des Cafés, um eine Zigarette zu rauchen. Er nickte Stevick knapp zu, blies Rauch aus, der in den Regen hinaufstieg. »Jetzt bist du also verantwortlich, was?«, sagte er.

»Ich wollte ihn nicht ganz alleine lassen.« Aus dem Loch unter seinen Füßen, wo der Gefangene nun hockte, die Knie in die Erde gekeilt, war kein Geräusch gedrungen, es hatte sich darin nichts wahrnehmbar geregt. »Dass ich irgendwie im engeren Sinne verantwortlich bin, würde ich nicht sagen«, fuhr Stevick fort. »Ich bin eher eine Art Notlösung oder Platzhalter.«

»Ich verstehe nur allzu gut«, sagte der Café-Angestellte. »Wir sind in einer ähnlichen Lage. Bloß ein Job zwischen zwei richtigen Projekten, das sag ich mir auch immer.« Er schmiss seine qualmende Kippe in den Rinnstein, ziemlich nah. »Geschichten wie unsere gibt's millionenfach.«

»Das meinte ich nicht«, setzte Stevick an, aber die Thekenkraft war, desinteressiert, wieder hineingegangen. Die Bevölkerungszahlen des Cafés hatten sich von der Massenflucht vor dem Presslufthammer nicht mehr recht erholt; das, in Verbindung mit dem Regen, sorgte dafür, dass Stevicks Wache einsam blieb. Was ihm eigentlich auch lieber war. Die üblichen Frühnachmittags-Hundeausführer kamen vorbei, unter Kunststoff-Poncho-Zelte gekrümmt, ihre kleineren Hunde, Terrier und Dackel, in ärmellose Schottenstoffmäntel verpackt, aber Stevick hatte die Gassigeher immer als Schiffe auf ferner See betrachtet, als vorbeiziehende Flottille. Selbst an den sonnigsten Tagen waren sie zu sehr mit ihrem hündischen Herdenwesen und dem Umgang mit der in Tüten verpackten Hundekacke beschäftigt, um sich am Leben der Menschen auf der Straße zu beteiligen. Obwohl ihn wenige andere Menschen wahrnahmen, wollte Stevick doch gern glauben, dass er noch immer zu dieser breiten Masse gehörte. Ob sein Verhältnis zu dem Mann unter den Bohlen tatsächlich bereits als menschliche Transaktion durchging, war eine andere Frage.

¶

Gegen Abend ließ der Regen nach, nicht stark genug allerdings, als dass Stevick den Schirm weggelegt hätte. Die Kundschaft des Cafés wechselte; die Tische wurden zum Essen eingedeckt, mit brennenden Kerzen dekoriert, Speisekarten ausgelegt; die Belegschaft schaltete sogar das Wi-Fi aus, um auch die hartnäckigsten Googler vom Nachmittag zu verjagen. Weitere Nachbarn von Stevick, die gestressten Subway-während-der-

Rush-Hour-Fahrer in Business-Kluft, Sklavenhalter bei Finanzdienstleistern, kamen mit ihren eigenen Schirmen an der Ecke vorbeigetrottet. Obgleich Stevick sie immer für redliche Schäfchen gehalten hatte, war einiges von dem, was sie murmelnd von sich gaben, überraschend dreist.

»Was haben Sie da gesagt?«, brüllte Stevick zurück.

»Du hast mich wohl verstanden, Freundchen. Du machst uns allen hier die Immobilienpreise kaputt.«

»Nicht vor meiner Haustür, was?«, sagte Stevick. »Junge, Junge, kaum taucht etwas dieser Art in unserer Mitte auf, lernt man ziemlich schnell, wer in diesem Viertel wer ist, du Yuppie.« Stevick suchte Streit, spürte nun all den tollkühnen Widerstand, den er den Gräbern des Lochs gegenüber hätte aufbringen sollen. Aber was vorbei war, war vorbei. Etwas zu verteidigen, das erst gar nicht hätte sein sollen, war zu Stevicks Spezialgebiet geworden.

»Ihr Künstler solltet mal erwachsen werden und den Unterschied lernen zwischen einer Installation und einem Loch im Boden«, höhnte der Mann. Mit ziemlicher Sicherheit so alt wie Stevick oder jünger, gekleidet jedoch wie sein Großvater, fügte er hinzu: »Drecksgammler.«

Stevick war wutentbrannt. »Da ist ein Mann in dem Loch!«

»Langweil' mich nicht mit deiner abstoßenden persönlichen Misere!«

»Es geht hier nicht um meine persönliche Misere, du Arschgesicht!«

»Verkriech dich, du Made!«

»*Aaaarrrrgh!*« Mit ausgestreckten Schirmen gingen sie aufeinander los, Stevick mit dem Gefühl, seinen Posten verlassen zu haben, dennoch unfähig, sich dem Verlangen zu wiedersetzen, den Mann auf dem Gehsteig aufzuspießen und ihn im Regen um Gnade betteln zu hören. Doch beide Männer zielten ziemlich daneben, schafften es nicht, sich ineinander zu verkeilen, und die aufgespannten Schirme streiften einander bloß beiläufig mit einem gummihaft-nassen Erschaudern. Der singuläre Vorstoß hatte seinen Nachbar offenkundig genauso erschöpft wie Stevick, denn der Mann klemmte sich nun seine Aktentasche wieder fest unter den Arm. »Ich muss die Nanny bezahlen«, stammelte er im Davonschleichen. Stevick kehrte zu seiner Aufgabe zurück.

Es war Abend geworden und im Innern des Cafés waren an einer Reihe von Tischen die Speisekarten eingesammelt, der Wein eingeschenkt und kleine Teller serviert worden, als ein weiterer Spezialist Kontakt mit Stevick aufnahm. Er war, wie Stevick gehofft haben mochte, ein Wachposten, der kam, um Stevick von einer Aufgabe zu befreien, die er sich, wie er zugeben musste, wenn er jetzt darüber nachdachte, selbst auferlegt hatte. Der Mann im Overall, ein kräftiger, beinahe fetter Mann diesmal, mit einer schweren, schwarzgerahmten Brille und einer Yankees-Mütze, die ihn gegen den Regen abschirmte, schien eher eine Art Inspekteur zu sein, damit beauftragt sicherzustellen, dass am Standort alles korrekt lief, und in kryptischer Kurzschrift, mit Kugelschreiber auf einem Klemmbrett, bestimmte Eindrücke festzuhalten. Der Mann parkte seinen Wagen in zweiter Reihe, wobei die zuckenden Warnblinker die vorübergehende Natur seines Besuchs eindeutig unter Beweis stellten und Stevick den Eindruck nahelegten, dass noch eine lange Liste von Stichproben vor ihm lag. Höflich bat er dann Stevick um Hilfe, den Deckel aus Bohlen zur Seite zu ziehen. Stevick wiederum hielt den Regenschirm so, dass das Klemmbrett des Sachverständigen geschützt war, während der Mann schrieb.

Der Gefangene vermittelte, wie Stevick erleichtert feststellte, weder den Eindruck, sich irgendwie noch unwohler – oder weniger unwohl – zu fühlen, als zu dem Zeitpunkt, als man ihn in sein Loch hinabgelassen hatte. Er stand aufrecht da, wie um das Interesse des Inspekteurs zu würdigen, schaute aber nicht nach oben, wollte womöglich vermeiden, zurechtgewiesen zu werden, vielleicht aber hatte er auch bloß an diesen, für ihn routinemäßigen Abläufen das Interesse verloren. Als der Inspektor zum Auto ging und mit einem Wachspapierbecher samt Strohhalm und zwei in Plastikfolie verpackten Sandwiches zurückkehrte, verstand Stevick, dass er den Mann im Loch füttern wollte, und bemerkte ebenfalls, dass der Gefangene irgendwann das schmuddelige Tuch ausgespuckt hatte, welches ihm nun wie eine Kette um den Hals hing. Womöglich hatte es von Anfang an nicht stramm gesessen, und der Gefangene hatte die Männer nicht beschämen wollen, die das Loch gebuddelt hatten, indem er die Ineffektivität ihrer Knotenkünste zur Schau stellte. Der Inspektor reichte sowohl den Becher als auch ein halbes Sandwich in Reichweite des Mundes des Gefangenen hinab, und der Mann im Loch aß und trank ruhig und effizient. Stevick dachte darüber nach, dass der Gefangene ja zu jedem Zeitpunkt um Hilfe hätte rufen können, sich aber dagegen entschieden hatte. Vielleicht hatte er lernen müssen, dass das bloß zu noch härterer Bestrafung führte, falls Bestrafung das richtige Wort war. Stevick hatte zu realisieren begonnen, dass er dem Mann im Loch, oder vielleicht auch dem Loch selbst, eine gewisse Stärke, Feierlichkeit und Wahrhaftigkeit beimaß, mit denen er selbst in Verbindung gebracht werden wollte, so als handele es sich hier um ein gemeinschaftliches Vorhaben. Der Passant, mit dem er Schirme gekreuzt hatte, hatte also in gewisser Hinsicht recht: Es ging hier tatsächlich um eine persönliche Misere.

Stevick half dem Inspektor, die Holzplanken wieder über das Loch zu legen, nahm dann dankbar das zweite eingewickelte Sandwich als Geschenk an, belegt mit angenehm pfeffrigem Hühnersalat, wie sich zeigte, leider war das Weißbrot durchweicht. Bevor er abfuhr, ging der Inspektor ein letztes Mal zum Wagen und kehrte dieses Mal mit einer olivgrünen Reisetasche zurück, die er behutsam an der Seite des Lochs abwarf, gleich neben Stevick.

»Was ist das?«

»Wird standardmäßig ausgegeben«, erklärte der Inspektor vage. »Ist da, wenn Sie's brauchen.« Er grüßte Stevick knapp und war verschwunden.

¶

Erst nachdem das Café geschlossen hatte, die Stühle umgedreht auf die Tische gestellt worden waren, hörte der Regen ganz auf, was Stevick mit der Frage konfrontierte, ob seine Schicht hier nun zu Ende gehen sollte. Er schüttelte den Schirm aus und schob ihn zusammen und hatte gerade die Hand nach der mysteriösen Reisetasche ausgestreckt, als jemand seinen Namen rief und er sofort die vertraute Stimme seiner Ex, Charlotte, erkannte. Es war wahrscheinlich unvermeidlich, dass sie vorbeikam, wenn er hier den ganzen Tag campierte. In einem früheren Leben – bereits der gestrige Tag schien ihm angesichts dessen, was sich gegenwärtig abspielte, dazuzuzählen – hätte er sich womöglich genau dessen schuldig gemacht. Wie sich indes zeigte, hatte er die Möglichkeit, dass sie vorbeikommen könnte, diesmal völlig außer Acht gelassen. Charlotte war für einen Abend in der Stadt gekleidet und parfümiert, klackerte in ihren Pumps zur Subway, höchstwahrscheinlich um ihre übliche Runde durch Stevicks ehemaligen Lieblingsbars zu drehen, in Gesellschaft seiner Freunde der In-letzter-Zeit-keinen-Kontakt-mehr-Kategorie.

»Na, da sieh mal einer an«, spaßte sie. »Immer auf Achse, wie gehabt.«

Schuldbewusst zog Stevick seine Hand von der Reisetasche weg und streckte den Rücken durch, um Wachsamkeit zu signalisieren, obgleich jetzt, wo der Regen aufgehört hatte und der Schirm zusammengefaltet war, seine Aufgabe alles andere als augenfällig war. In Charlottes Gegenwart hatte er immer das Rückgrat durchdrücken müssen, ihre Größe und perfekte Haltung waren für ihn eine Art Warnung oder Zurechtweisung gewesen, und jetzt merkte er, dass er wünschte, sie würde vom Gehsteig treten, hinab auf seine Stufe. Die drei Planken, die das Loch bedeckten, lagen allzu fachgerecht plan zur Asphaltdecke, als dass sie eine Hilfe hätten sein können.

»Es ist ein Mann in diesem Loch, Charlotte.« Zum zweiten Mal versuchte er, indem er die eindeutige Wahrheit vorbrachte, für faire Grundvoraussetzungen zu sorgen, beinahe so, als müsse er selbst es hören, um es zu glauben, obgleich er den ganzen Tag über die Aufsicht gehabt hatte. Er wollte Anerkennung für seine Bemühungen, zunächst einmal musste er die Grundsituation verdeutlichen.

»Verstehe«, sagte Charlotte. »Ich hab von so was schon mal gehört.«

»Ich glaube, davon gehört hatte ich auch, obwohl's doch ziemlich was anderes ist, wenn man es so vor sich hat. Aber klar, irgendwo muss es ja sein, nehme ich an.«

»Wohl war«, sagte Charlotte. »Hätte mir bloß nicht vorstellen können, dass du da mitmachen würdest. Aber nach deiner Logik, denk ich mal, musste es einfach einer machen.«

An dieser Feststellung war für Stevick nicht mehr wesentlich zu rütteln, also ließ er sie so stehen.

»Was ist denn in der Tasche?« Charlotte entging einfach nichts, das musste er ihr lassen.

»Weitere Sandwiches, denke ich mal«, sagte Stevick, selbst überrascht von seiner Vermutung. Sollte man sie als Rationen bezeichnen oder als Vorräte? Hing davon ab, wer sie aß, nahm er an. »Schmecken nicht schlecht, wenn man Hühnersalat mag. Nimm dir eins, wenn du Hunger hast.«

Charlotte hatte da längst die Tasche durchstöbert, davon ausgehend, dass in Bezug auf Stevicks Grenzziehungen für sie noch immer die üblichen Sonderrechte galten, und zog einen in Plastikfolie verpackten Overall hervor, identisch, abgesehen von seinem jungfräulichen Zustand, mit denen der Arbeiter und dem des Gefangenen unter ihnen. Die kleine Reisetasche enthielt offenbar einen Stoß von vier oder fünf Exemplaren.

»Du hast den Job!«, rief Charlotte aus. »Du bist von der Aushilfe zum festen Mitarbeiter befördert worden.«

Stevick stellte fest, dass es ihm angenehm leichtfiel, ihre Sticheleien zu ignorieren. In vielerlei Hinsicht verschwand Charlotte, wie so vieles andere, aus dem Blickfeld. Unter den neuen Bedingungen war Ironie ein Luxus. Wollte man, dass er die Overalls für den eigenen Bedarf aufbewahrte oder sollte er andere Akteure im Viertel rekrutieren? Oder waren sie vielleicht für zukünftige Häftlinge bestimmt? Stevick bedachte die Möglichkeit, letzten Endes selbst einmal für ein Loch eingekleidet zu werden. Die Schönheit der Uniform lag in der Tatsache begründet, dass sie nichts festlegte.

»Willst du ihn sehen?«, fragte er Charlotte und bereute noch im selben Moment die Frage, die nicht nur unangemessen daherkam, sondern seinerseits sogar ziemlich feige. Aber erst nachdem er sie ausgesprochen hatte, wusste er, dass er es sich nie wieder gestatten würde, den Mann im Loch als Jeton oder Trumpfkarte zu benutzen. Er war ein Mensch!

Charlottes hochmütige Antwort fühlte sich vorherbestimmt an. »Nein, danke«, sagte sie. »Ich sollte gehen, bin spät dran. Aber es ist echt schön zu sehen, dass es dir so gut geht, Stevick.« Ihre Stimme tätschelte ihn wie die Hand einer Mutter den flaumigen Säuglingsschädel.

Der Hauch von Zärtlichkeit, der Charlottes Zurückweisung bemäntelte, stieß Stevick ab. Apropos vorübergehende Beziehungen! Nach nur einem Tag empfand Stevick bereits eine größere Nähe zu dem Mann im Loch, obwohl sie kein einziges Wort miteinander gewechselt hatten. Während er verfolgte, wie Charlotte die Straße entlanglief, empfand Stevick nichts als Erleichterung, dass sie seinen Vorschlag abgelehnt hatte. Die Planken hochzuhebeln, weil er selbst nichts zu bieten hatte, war eine Demütigung, die er dem Gefangenen unter sich erspart hatte. Das Letzte, was Stevick tun wollte, war ihn mit inessentiellen Dingen zu verärgern. Der Schlüssel zum Erfolg bei einem Unterfangen wie diesem lag in den Details. Stevick war überzeugt, er würde seine Arbeit gut machen.

DIE SCHATTENSEITEN

Seite eins, Panel eins, die Insel. Ein kompaktes Atoll inmitten endloser See, mit Haiflossen gespickt. Palmen, Sandstrand, fahle Lagunen, in der Ferne schwelender Vulkan etc. Im Inselinneren, umhüllt von Regenwald, Höhlen, Frischwasserquellen, gellende Triller nichtmenschlicher Herkunft, ein Nest aus Farnen, wo ausgebleichte Gerippe einander umarmen und was sonst nicht alles.

Seite eins, Panel zwei, das Flugzeug. Eine zusammengenietete Steckrübe mit Flügeln, jetzt in Flammen.

Seite eins, Panel drei, Kabinenfenster des Flugzeugs. In der ersten Klasse, der Dingbat-Clan. Vater Theophobe Dingbat, Mutter Keener Dingbat, Sohn Spark Dingbat, Tochter Lisa Dingbat. In der Touristenklasse Large Silly (ein Clown), Poacher Junebug (ein Jäger), C. Phelps Northrup (ein Theaterkritiker), Murkly Finger (ein Ganove), Peter Rabbit (ein Hase), King Phnudge (König der Phnudges), C'Krrrarn (ein Monster). Large Silly und C. Phelps Northrup sind schwarz-weiß, alle anderen in Farbe. Alle starren nach unten, entsetzt, bis auf C'Krrrarn, der Computer-Solitäre spielt.

Seite eins, Panel vier, Wasserung. Die Flügel des Flugzeugs

drehen sich nach innen ein, um die Windschutzscheibe zu schützen, während es in die Lagune kracht. Die Flügel haben Finger, und der totgeweihte Pilot und der totgeweihte Co-Pilot linsen hindurch wie Augäpfel.

¶

Aus: *Die Tagebücher des C. Phelps Northrup,* 14. Juli

An diesem fünften Tag unserer Verödnis, so fürchte ich, ist unser kleiner Pakt der Notwendigkeit zerbrochen. Mr und Mrs Dingbat haben sich Poacher Junebugs kluger Ansicht verweigert, den Strand zugunsten der Höhlen im Inselinneren zu verlassen, indem sie darauf bestanden, die Rettung stehe unmittelbar bevor, und aus Angst vor den Vielfraßen und Beuteldachsen, die angeblich tiefer im Wald umherstreunen. Indes ist es Poacher Junebug trotz seiner Furchtlosigkeit und Gewehrschusskunst nicht gelungen, etwas zu erbeuten, ein Umstand, der weder unsere Furcht zu zerstreuen vermag, noch unsere Speisekammer füllt. Zudem spielt der Jäger in spitzen Randbemerkungen fortwährend darauf an, welch vorzügliche Mahlzeit man doch aus Peter Rabbit zubereiten könnte. Daher viel Zwietracht, was in der Geburt unserer Mannschaftsstände resultiert. Peter Rabbit genießt nun Schutz in der Wagenburg der Dingbat-Familie, auf dem Sandstreifen, wo wir zu Beginn an Land gekrochen sind, während Poacher Junebug, Large Silly, King Phnudge und ich begonnen haben, das Inselinnere zu annektifizieren. Murkly Finger ist ebenfalls zurückgeblieben und hat sich am Strand verschanzt, in einem Trümmerteil des geschwärzten Flugzeugrumpfs, in dem er immense Vorräte hortet. Bloß King Phnudge ist das Eindringen in Fingers Unterschlupf geglückt

(King Phnudge hat keine Arme und stellt daher vielleicht keine Gefahr für Fingers Geheimlager dar), aber seine Wortwahl war zu unzulänglich, um uns einen Eindruck von den Beständen zu vermitteln, die er dort erspäht hatte:

»Leckerschmeckerklecker–mjammjamm!«

C'Krrrarn ist natürlich gleich von Beginn an seinen eigenen Weg gegangen. Heute früh wurde er wieder gesichtet, von dem gescheiten kleinen Dingbat-Mädchen, in Positur auf dem Vulkan sitzend. Lisa rief uns alle zusammen, damit wir ihn dort sahen, unbeweglich wie eine Skulptur, mit der Klaue der neuen Sonne winkend.

¶

PRÄ-NOSTALGIE-RÄUMUNGSVERKAUF!!!!
DINGBAT-LIMO LIMITIERTE AUFLAGE
REDUZIERT
ZUKÜNFTIGE SAMMLERSTÜCKE???
T. DINGBATS BIERCOLA (alkoholfrei)
KEENERS KALORIENARMER EISTEE
LISA DINGBATS KIRSCH-ROOTBEER
SPARKS ZISCHER (koffeinreduziert)
WEG ABER UNVERGESSEN???
ZWANZIG DOLLAR DIE KISTE
DINGBATS WIR VERMISSEN EUCH!!!

¶

Der zehnjährige Spark Dingbat wanderte um die Mittagszeit den Strand entlang, auf dem Kopf eine umgedrehte Schale aus geflochtenen Palmwedeln, einen Sonnenhut, den Keener, seine

Mutter, gemacht hatte. Spark hatte seine Familie und Peter Rabbit in dem improvisierten Lager zurückgelassen, einem Kreis beschissener Schuppen um ein mutmaßliches Feuer herum, das sein Vater, Theophile, wiederholt nicht hatte entzünden können. Da seine Schwester Lisa eine putzige, turtelnde Allianz mit dem verängstigten Hasen geschmiedet hatte, war Spark irgendwie außen vor geblieben. Jetzt, hartnäckig solo, spazierte er am exakten Rand des mit Muscheln übersäten Strandes entlang, wo das Wischerblatt der Brandung dem pinkfarbenen Sand gerade einen nasseren Farbton verliehen hatte, und wo ein Saum aus Bläschen seine acht Zehen kitzelte.

Die Spitze eines Felskopfes umrundend, eröffnete sich ihm der Blick auf eine schmale Bucht, geschützt vor der stärkeren Brandung der umliegenden Strände. Zwei fette Gestalten plantschten dort. Large Silly und King Phnudge. Spark kletterte über die Felskuppe und ließ sich vorsichtig die sandige Böschung hinab, um vom grasbewachsenen Ufer der Bucht aus schauen zu können. Der Clown hatte sich Schuhe und Kleider ausgezogen, alles bis auf seine pechschwarze Unterwäsche. Seine Füße waren riesig, sein weißer Körper gleichzeitig fleischig und fest, wie die reifste Frucht. King Phnudge blieb vollständig angezogen, vielleicht war er aber auch angemalt. Krone und Bart schienen ihm in den Kragen zu laufen und sein Kragen schien eins zu sein mit Gürtel und Stiefeln, die weniger Kleidungsstücke waren als vielmehr originelle Ausbisse seines weichen, schwammigen Ganzen. Armlos plantschte er begeistert im Wasser hin und her, das ihm bis dahin reichte, wo eigentlich die Knie hätten sein sollen, während neben ihm der Clown wie manisch mit einem riesigen gegabelten Stock ins Wasser drosch, ein Wünschelrutengänger, der das Meer entdeckt hatte. In Sparks Augen gaben die beiden ein perfektes Paar ab. Darüber hinaus bestand eine starke Ähnlichkeit zu seinem Vater, Spark aber vermutete, keiner der Insulaner würde davon je anfangen. Sein Vater war berühmt. Large Silly und King Phnudge waren Nobodys.

»Was macht ihr da?«

Large Silly und King Phnudge fuhren herum, baff erstaunt.

»Wonach sieht's denn aus, Junge? Poacher meinte, er hätte ein paar Brassen in dem Tümpel hier gesehen.«

»Fischiplitschiplatschi-boingboing!«

»Und wie wollt ihr sie fangen?«

»Mit Netzen aus banalen Fragen und Sarkasmus. Mit den Zähnen. Mit deiner Kopfbedeckung – hey, das ist die Idee. Rück den Schlapphut raus, Junge.«

»Nehmt doch Kings Krone.«

»Kronen haben, sollte dir das noch nicht aufgefallen sein, ein Loch in der Mitte. Außerdem, glaub nicht, dass die abgeht.«

»Klemmorupfizupfi-dingdong!«

Spark seufzte und reichte dem eifrigen Clown den Hut, schaute dann zu, wie dieser in dem hoffnungslos unbeholfenen Versuch, damit zu fischen, kurz und klein gehauen wurde. Spark sah weit und breit keinen Fisch. Sollte es dort je welche gegeben haben, hatten King und Clown sie mit Sicherheit verjagt. Keeners akribisch geflochtene Palmwedel wurden gemeinsam mit dem Seegras und Schaum von der sanften Strömung der Bai fortgetragen.

C'KRRRARN REISST DIE SPITZE EINER PALME AB UND FRISST!!!

C'Krrrarn bleibt ganz bei sich.

C'KRRRARN REISST EINE ECKE DES VULKANS AB UND FRISST!!!

C'Krrrarn bleibt ganz bei sich.

C’KRRRARN REISST EINEN BROCKEN AUS DEM OZEAN UND VERSCHLINGT IHN!!!
C’Krrrarn sitzt mucksmäuschenstill da und versucht, seinen Kopf »freizukriegen«.
C’KRRRARN SCHLÜRFT DAS BLUT DER DINGBATS!!!
Ausführliche Innenschau hat C’Krrrarn gezeigt, dass die andere Person er selbst ist.
C’KRRRARN REISST EINEN TEIL DES HORIZONTS AB UND VERSCHLINGT IHN!!!
C’Krrrarn starrt gen Horizont und der Horizont starrt gen C’Krrrarn und beide sind ruhig und frei von Verlangen.

¶

Aus: *Poacher Junebug* (Register)

Insel, die bescheuerte Nie-wieder-	Panels 3345, 3679, 4088-89
Insel, die Drecksspasten auf der	Panels 3208, 3225, 3457, 3800-1, 4009
Insel, die elenden Mistviecher auf der	Panels 3224, 3656, 3813, 4009
Insel, die erbärmliche	Panel 4129
Insel, die fürchterliche	Panels 3899, 4034, 4067, 4122
Insel, die miese Teufelei der	Panels 3344-45, 6455, 3988n, 4012
Insel, die Pimmelarschundzwirn-	Panels 3185, 3765
Insel, die traurige	Panels 3550, 3823, 4129
Insel, die verdammte	Panels 3176, 3189, 3204n, 3226, 3564, 3564, 3573, 3888, 4002, 4036

Insel, die verfluchte	Panel 4044
Insel, der Zorn Gottes treffe diese	Panels 3944, 4191

¶

Aus: *Die Tagebücher des C. Phelps Northrup*, 27. Juli

Verfall setzt ein. Jeden dritten Tag richten Sturmwinde an unseren ärmlichen Behausungen Schäden an. Dazwischen mörderischer Sonnenschein. Mutlos hinsichtlich der Aussicht auf Rettung. Wir finden wenig und weniger zu essen. Achtzehn Tage, während derer wir einige unserer Kameraden zu gut kennenlernen, andere überhaupt nicht. Murkly Finger streunt nachts am Strand umher, gickelnd. Bei Tageslicht zieht er sich wie ein Nager in sein Loch zurück, um das er in Sandlöchern eine Reihe angespitzter Stöcke aufgestellt hat, unter einer dünnen Decke aus Blättern und Sand verborgen, die beim Drauftreten einstürzen würde. Der Clown schwebt in der Quelle, aus der wir trinken, auf dem Rücken, mault Fetzen lustiger Lieder und murmelt verdrehte Pointen, die aber nicht lustig sind. Er hat der Körperpflege entsagt, trägt nichts außer seiner Unterwäsche und eine violette Eiland-Hyazinthe, den Stängel in seine verrückten Haarbüschel geschlungen. Seine Füße sind im Verfaulen begriffen. Poacher Junebug, wie ich jetzt verstehe, fängt nichts, wettert bloß vor sich hin. Dem Hasen droht keine Gefahr, außer durch sich selbst. Wie der verwahrloste Clown hat auch das Langohr aufgehört, Kleidung zu tragen, hat rote Weste und Fliege abgelegt. Er läuft jetzt auf allen Vieren, irgendeinem Ruf der Natur folgend. Lisa Dingbat, jener einstige Wonneproppen *par excellence*, folgt ihm überall hin und auch sie geht derzeit nackt. Vor kurzem versuchte ich eines Nachmittags mit ihr ganz ungezwungen zu plaudern, aber sie schnüffelte und mümmelte bloß in die Luft, entäußerte einen hasenartig keuchenden Seufzer, hält sich womöglich wirklich für eine Schwester von Peter. Von den anderen Dingbats ist weitgehend nichts zu sehen. Dabei müssten sie Hunger haben.

An C'Krrrarn denkt man dieser Tage selten.

King Phnudge erweist sich, unerwarteterweise, als guter Kamerad. Wir brechen häufig gemeinsam zu Märschen zwecks Nahrungssuche auf, bei denen wir aber nichts Relevantes oder Essbares finden, trotz allem jedoch einen ermutigenden Ton von Anstand und Verbundenheit anschlagen. Lediglich King Phnudge hält, neben mir, am Ankleiden seines früheren Selbst fest (ich sollte sagen: bis auf meinen Zylinder, der von einem Affen gestohlen und vermutlich verschlungen wurde). Er bleibt stets guten Mutes und verhält sich, als sei er noch immer, wie wir es einst alle waren, der strikten Ordnung von Panels und Bildzwischenräumen verpflichtet. Trotz seiner dämlichen Mundart habe ich das Gefühl, Seine Hoheit besser und besser zu verstehen.

¶

Phnudgesong

Angst und Wut durchtoben mein Gemüt
Ich sage bloß *auwei – auwei, schubidu-tüt-tüt!*
Ich will dich ficken, fressen, strangulieren
Ich sage bloß *aua-grummel-magen, schubdua, auf allen Vieren!*
Drecksloch Drecksloch Drecksloch
Ich kann mich selber kaum ertragen – *jodeldi-poch-poch!*

¶

»Ich bin was Besseres! Ich bin besser als die Leute! Ich gehöre hier nicht hin!«

»Probier den mal an, Liebes.«

»Ich will nichts anprobieren. Ich brauche nicht noch einen Hut. Ich will meine Familie, nie hört mir mal einer zu. Wo sind die Kinder?«

»Das ist kein Hut. Lisa spielt mit dem Hasen und Spark kundschaftet die Insel aus.«

»Hör auf, Zeug aus Palmwedeln und Froschhäuten und Tümpeldreck zu machen, Keener. Niemand braucht diesen Scheiß.«

»Schau einfach mal, ob es passt, Theo.«

»Wie konnten sie mich an einen Ort mit Monstern, Jägern, Clowns und Theaterkritikern schicken? Der Clown und der Theaterkritiker sind nicht mal in Farbe, und ich will nach Hause! Ich fühl mich alt wegen ihnen.«

»Niemand hat dich geschickt, Liebling. Wir sind mit dem Flugzeug abgestürzt.«

»Das ist ein abgekartetes Spiel. Sowas ist immer abgekartet. Wieso saßen wir überhaupt mit diesen Typen im Flieger? Was soll das denn sein, eine Hockeymaske aus Peddigrohr? Ich krieg ja überhaupt keine Luft durch das Teil.«

»Oh, das sieht lächerlich aus. Das ist nicht fürs Gesicht. Das gehört … da unten hin.«

»Du hast mir einen Sackschutz aus Schilfrohr geflochten?!?!?«

»Ich arbeite an Brustharnisch und Helm. Die Samurai trugen häufig Rüstungen aus Korbgeflecht, weißt du.«

»Was soll man auf einer Insel mit einer Rüstung aus Korbgeflecht anfangen?!?!«

»Ich will bloß, dass du für ein neues Leben gewappnet bist, Liebster.«

»!@&$%#! Ich will kein neues Leben! Ich will mein altes Leben!«

»Irgendwann wirst du diese Insel regieren müssen, Theo. Niemand sonst wird das tun. Peter Rabbit wird es nicht tun. Die Schwarz-Weiß-Figuren sind dazu nicht in der Lage. Poacher Junebug hat sich selbst diskreditiert. King Phnudge, nun, er ist einfach nicht der Richtige. Und Murkly ist ein Ganove.«

»Das ist auch so eine Sache, ich will da nicht mehr entlanggehen, ich mag nicht, wie er dich ansieht.«

»Er kann nicht anders, Theo. Ich wollte ihm bloß einen Sonnenhut bringen.«

»Hat er dich in sein kleines Versteck gelassen?«

»Ja, wir saßen da und haben uns nett unterhalten.«

»Ich will nicht, dass du dich nett unterhältst!«

»Ja, Lieber. Werde ich in Zukunft nicht mehr tun.«

»Wie soll ich die Insel regieren, wenn ich nicht mal die Dingbats unter Kontrolle habe?!?!?!«

¶

Spark Dingbat erklomm den Vulkan ohne Schwierigkeiten. Es gab eine Treppe. Kurz vor dem Gipfel kam er an einer kleinen Pyramide aus Totenschädeln in unterschiedlichen Formen und Größen vorbei – einer Schädelente mit riesigen eiförmigen Augen, einem Schädelroboter mit Antennenohren, einem Schädelschwein, in dessen Kranium ein winziges knöchernes Béret eingearbeitet war.

C'Krrrarn ließ sich am Rand des Vulkans nieder, wirkte größer, als es im Flugzeug der Fall gewesen war, ragte vor wie eine Zunge des Felsens selbst. Wie sich das winzige Béret zum Schweineschädel verhielt, so verhielt sich C'Krrrarn zum Vulkan. Hinter C'Krrrarn sah Spark Kondenswasser zwischen umbrabraunen Felsbrocken hervorsickern, deren Unterseiten orangefarben glommen wie riesenhafte Briketts. Möwen saßen dichtgedrängt auf C'Krrrarns Brauen und Schultern, ihre getrockneten flüssigen Ausscheidungen verliehen ihm das gestreifte Aussehen einer Knastbruder-Figur, einer Krähe oder eines Wiesels vielleicht, die vor einem mit Bulldoggen besetzten Gremium standen, das über Hafturlaub zu befinden hatte.

»Ich hoffe, ich störe dich nicht.«

C'Krrrarn antwortete nicht.

»Sah nicht so aus, als wärst du beschäftigt.«

C'Krrrarn antwortete nicht.

»Wartest du auf irgendwas?«

C'Krrrarn antwortete nicht.

»Meine Mutter meint, du könnest wahrscheinlich, wenn du wolltest, jederzeit einfach von der Insel wegschwimmen oder vielleicht den Meeresboden entlanggehen, aber wo würdest du dann hingehen, denn es ist ja nicht so, als wärst du irgendwo zu Hause, und vielleicht bist du auf dieser Insel mehr zu Hause als sonst wo je zuvor, und vielleicht sind wir sogar deswegen abgestürzt, weil du dich vom Flugzeug aus irgendwie zur Insel hingezogen gefühlt hast, als hättest du eine Art geomagnetischen Tropismus gespürt, oder vielleicht hast du runtergeguckt und sie hat dich an deine Mutter und deinen Vater erinnert, meinst du, das könnte hinkommen?«

C'Krrrarn antwortete nicht.

»Wirst du uns alle killen? Kleiner Scherz.«

C'Krrrarn antwortete nicht.

»Wie kannst du bloß so lange in derselben Position dasitzen? Schlafen dir nicht die Beine ein, oder der Hintern?«

C'Krrrarn antwortete nicht.

»Meine Mutter webt dir aus dem ganzen Dreck vom Strand eine Tatami-Matte. Weißt du, was eine Tatami-Matte ist? Sie meinte, ja.«

C'Krrrarn antwortete nicht.

»Hast du was dagegen, wenn ich hier einen Augenblick sitze?«

¶

Hinweis a. d. Zeichner: Ab hier überall entlang der unteren Panels schlammige Fußspuren auf den Seiten, Hasenkötel und Dingbat-Fährte (*Hrsg.: Wie sollen die aussehen?*), die eine jämmerliche Spur verschmierter Piktogramme bilden, welche auf eine ungewisse Zukunft verweisen sollen.

¶

Seite zweiundvierzig, Panel eins, King Phnudge, allein im Wald. Der einzige Affe der Insel ist unter einem Farn hervorgekrochen und auf ihn zugegangen. Der Affe hat eine handbetriebene Orgel dabei und trägt einen Zylinder. Freudig überrascht zieht King Phnudge die Augenbrauen hoch.

Seite zweiundvierzig, Panel zwei, Lagerfeuer auf einer Lichtung. Large Silly, Poacher Junebug, King Phnudge und C. Phelps Northrup verschlingen Fetzen des Affen, dessen versengte Überreste noch immer an einem Spieß über dem Feuer hängen. Das Affengerippe hält die Orgel noch immer umklammert. Den Zylinder trägt Northrup.

Seite zweiundvierzig, Panel drei, Unterholz am Rande der Lichtung. Peter Rabbit und Lisa Dingbat starren mit aufgerissenen Augen in Richtung Clown, Jäger, König und Kritiker, während diese den Affen verspeisen. Hase und Mädchen werden von den anderen nicht gesehen.

Seite zweiundvierzig, Panel vier, sich auf allen Vieren fortbewegend, schlüpfen Hase und Mädchen geräuschlos in den Wald, wo sie fortfahren, an Farnen zu knabbern.

Seite zweiundvierzig, Panel fünf, Nacht, Feuerstelle, mittlerweile von den anderen verlassen. Theophobe Dingbat nähert sich auf Zehenspitzen dem gelöschten Feuer, wo er eine verkohlte Affenrippe findet. Gedankenverloren nuckelt er daran.

Seite zweiundvierzig, Panel sechs, Murkly Finger. Er kauert in seinem höhlenartigen Trümmerteil des Flugzeugrumpfs und liest ein Comicheft, aufgeschlagen ist ein seitenfüllendes Bild, auf dem C'Krrrarn über einem alpinen Dorf aufragt.

¶

Von seinem Platz neben C'Krrrarn aus konnte Spark Dingbat die gesamte Insel überblicken, so als säße er in einer Camera obscura. Er sah seine Mutter, die gerade Poacher Junebug, King Phnudge und C. Phelps Northrup mit Korb-Rüstungen ausstattete, ihnen die Brustpanzer aus Palmwedeln über die Oberkörper zog, während sie in linkischer Habachtstellung dastanden und sich bemühten, sie nicht zu enttäuschen.

Er sah Large Silly, von festgebackenem Matsch bedeckt, dem an Armen und Beinen trockene Gräser klebten und der an der schmalen Bucht saß und onanierte.

Er sah seine Schwester und den Hasen, die sich im Gras versteckten und Large Silly beobachteten.

Er sah seinen Vater, der am Strand stand, wütend die Nummer seines Agenten in ein Korb-Mobiltelefon einhämmerte und auf einen Rufton wartete.

Und wie mit einem Röntgenblick konnte er auch in Murkly Fingers Bau hineingucken. Umgeben von Koffern aus dem zerstörten Flugzeug saß Murkly Finger da. Neben der Kleidung, die er auf dem Boden zu einer Pritsche zusammengelegt hatte, waren Bücher und Hefte fein säuberlich in einer Reihe aufgestellt. Darunter befand sich Sparks eigene Sammlung an *Dingbat-Kavalkaden* und *Dingbat-Fanartikel-Katalogen.* Murkly Fingers besaß zudem einige der limitierten und leinengebundenen Sammelbände der *Witzseiten vom Sonntag des Tennyson Trolley*, C. Phelps Northrups Gepäck entnommen, eine Dover-Taschenbuchausgabe von *Die siebte Reise der Phnudges*, ein Exemplar der *Oxford Comic-Strip-Schatztruhe* und einen Stapel von *DIE ENSETZLICHEN GESCHICHTEN DES C'KRRRARN!*, Nummern eins bis dreizehn, sicher in Plastikfolie verpackt.

Er sah das Grab, das seine Schwester und der Hase für das geschwärzte Skelett des Affen gegraben hatten.

Er sah die Vögel und Käfer der Insel.

Er sah auch sich selbst, wie er neben C'Krrrarn am Rand des Vulkans saß.

Spark Dingbat sah die ganze Insel.

¶

GEDICHT

Sagen wir, Keener Dingbat, ich schriebe dir ein Gedicht
Auf einem ulkigen alten Eiland, wo so manches schiefgegangen
Lehn dich zurück und du wirst von meiner Liebe hören
Zu deinem hingeschmierten Kräuselhaar und deinen spinnigen Beinen

Nicht so spinnig allerdings wie die Riesenspinne, die ich erlegte
Um dich zu schützen, Liebste, aber hätte ich sie
Dir Mann und Kinder verspeisen lassen sollen und diesen schlimm stinkenden Clown?
Ach, Keener Dingbat, du durchspukst meine Tage
Bei der fahlen Lagune suche ich dich und an der geheimen Quelle
Wie ein Sheriff verzweifelt nach der Walnuss fahndet, dem Beweisstück, such ich dich, o Mist,
die Zeile war geklaut, kann's nicht ändern, ich klau' alles, bin ich doch
Dein Ganove,
Murkly

¶

Aus: *Die Tagebücher des C. Phelps Northrup*, 12. August

In unseren Rüstungen raschelnd wie ein Schwarm Tauben, stürmten wir bei Tagesanbruch Murkly Fingers Lager. Mitwirkipizieren taten wir alle – alle wehrtauglichen, quasi-erwachsenen, menschenähnlichen Figuren, meine ich, selbst der aufgelöste Clown, bis auf eine Ausnahme, Theophobe Dingbat, der es ablehnte, bei unserem Ausfall das Kommando zu führen und dies seiner Gattin überließ. Der Halunke Finger leistete keinen Wiederstand – vielmehr bat er uns herein, und so kam es, dass wir schließlich sein Geheimnis lüften konnten: Nicht die ersehnten Vorräte an nahrhaften Lebensmitteln hatte er gebunkert, sondern die Geschichten unserer früheren Identitäten, die Panels und Seiten der Leben, die der Verbannung auf die Insel vorangegangen waren. Jeder Einzelne von uns zog sich anfänglich an verschiedene Ecken der Insel zurück, um über das nachzusinnen, von dem man uns hinfortgestrandet hatte. Bevor er es vor meinen mäandrischen Augen verbarg, erhaschte ich einen Blick auf eine Kostprobe der frühsten Auftritte von Poacher Junebug in den *Frontier Follies* – Poacher, einst eine weniger gedrungene und barbarische Figur, hatte in seiner ersten Blüte die Statur und das innere Gleichgewicht eines jungen Dan'l Boone gehabt. Und wie sehr sicher King Phnudge seine Königin und die Phnudglings vermisst! Auch ich selbst betrauerte ein früheres Ich, den adretten Herumtreiber voller Esprit, der mit seinem enkaustischen Stift ohne Rücksicht auf Verluste für einen theatralischen Wirbel nach dem anderen gesorgt hatte. Am Abend erreichten uns die Berichte zum Entkommen des Clowns. Es war das weibliche Dingbat-Kind, das uns warnte, das erste Mal seit Wochen, dass wir sie hatten sprechen hören. Wir suchten die Insel der Länge nach ab, aber fanden keine Spur von ihm. Gemeinsam mit Poacher erklomm ich sogar den beängstigenden Vulkan, wo C'Krrrarn und Spark Dingbat ihre rätselhafte Wache halten. Sie verweigerten sich unserer Frage mit dröhnendem Schweigen, aber es war auch so klar, hierher führten keine Clownsspuren, es sei denn, er hatte sich in der blubbernden Schmelze aufgelöst. Erst am folgenden Morgen tauchte er wieder auf, am Kiesstrand, zufrieden eine Sprechblase mampfend.

Large Silly schien ganz froh zu sein, uns zeigen zu können, was er getan hatte: Er war rückwärts in seine eigenen Panels geklettert, hatte dabei die Bildzwischenräume als Sprossen auf der Leiter in die Vergangenheit genutzt. Ein Trick, erklärte uns der Clown, den er von einer Ente gelernt hatte. Mit etwas Übung, deutete er an, könnten wir das womöglich auch lernen.

¶

Seite achtundachtzig, Panel eins, die Bucht. Ein riesiger Haufen alter schwarz-weißer Möbel aus dem *Tennyson Trolley* steht in Flammen. Poacher Junebug und C. Phelps Northrup drehen einen Spieß, auf dem fünf Sprechblasen stecken. Die Sprechblasen sind an den Rändern leicht gebräunt. Junebug und Northrup geifern gierig, ihre Augen sehen wie Vollmonde aus.

¶

Wrack|gut <n.> **1a** Trümmer, Bruchteile, Abfall aus den Panels einer anderen Figur, an den Strand gespült oder im Wasser treibend.

1b Frachtgut oder Ladung, die entweder sinkt oder an der Küste angeschwemmt wird, nachdem man sie über Bord geworfen hat, um einen Comicstrip in Not von Last zu befreien.

2a Figuren, die an den Rändern des kanonischen Comicstripguts ihr Dasein fristen, so wie Clowns, Jäger, Kritiker, Monster, Kinder oder Tiere (*in manchen Zusammenhängen als anstößig erachtet*). **2b** Comicstrips, die als unbrauchbar oder unerwünscht verworfen wurden.

¶

»… und dann, wie auf den Seiten fünf bis sieben in Heft siebenundvierzig zu sehen, kriegte es Kenner nicht hin, mir ein Schinken-Ei-Frühstück zuzubereiten, wie ich es gewöhnt bin, an dem Morgen, bevor es mit den Rolling Stones auf die Bühne gehen sollte, weshalb ich Pop-Tarts essen musste und deswegen den Gig komplett vergnockte – hey, schreibst du auch mit?!?!«

»Verzeihung, ja, wenn Sie vielleicht etwas langsamer sprechen könnten, Mr Dingbat.«

»Ich zahle dir fünfundzwanzig Muschelschalen pro Tag dafür, das Diktat meiner Memoiren aufzunehmen, Kritiker, und nicht dafür, dass du heimlich an diesen knusprigen Sprechblasen knabberst, die du völlig unzureichend in deiner Palmwedel-Tasche versteckt hast!!«

»Supersorry, Mr Dingbat, aber von dieser sollten Sie wirklich kosten, Poacher hat sie aus C'Krrrarn Nummer sieben, *Die Höhlen der Verzweiflung*, der leicht dumpfige Geschmack erinnert an Trüffel –«

»Her damit!!! Mhm, knurps, schlürf, knurps, schlürf ...«

»Und jetzt probieren Sie mal diese hier, sie wurde von einem liebreizenden Mädel produziert in einem, ähem, meiner eigenen Abenteuer, und sie ergibt ein perfektes Tonikum, wenn ich das so direkt sagen darf, einen Kontrapunkt zur ersten ... sie hat den Biss und die Anfasslichkeit eines Apfels aus Vermont, eines Pink Lady oder Red Delirious vielleicht ...«

»Ahhh, knurps, mampf, glucker, glucker ... ah, es ist hoffnungslos, so werden wir nie meine Memoiren schreiben!!!«

¶

Von seinem Platz neben C'Krrrarn aus konnte Spark Dingbat sehen, wie seine Schwester mit dem Hasen durch den Wald rannte. Seiner Schwester waren Fell und ein kleiner Schwanz gewachsen.

Von seinem Platz neben C'Krrrarn aus sah Spark Dingbat, wie sein Vater mit dem Clown und dem Kritiker vergnügt in der Brandung schwamm. Ihre drei pummeligen Körper glichen Delfinen, und es war schwierig, sie auseinanderzuhalten.

Von seinem Platz neben C'Krrrarn aus sah Spark Dingbat seine Mutter in einem Turm, den sie in mühevoller Kleinarbeit aus Sperrholz konstruiert hatte, zusammengepresst aus dem in den Panels der anderen Figuren geborgenen Zwist, Knatsch und den dazugehörigen Bewegungslinien. Sie war im oberen Raum des Turms und bumste Murkly Finger, der noch immer Cape und Maske trug.

Von seinem Platz neben C'Krrrarn aus sah Spark Dingbat, wie King Phnudge seine Armee aus versklavten Phnudges befehligte, die sein Schloss weitertrugen, Ziegel für Ziegel (die Ziegel auf ihren jämmerlichen Köpfen balancierend, weil sie keine Arme hatten), und es am anderen Ende der Insel wieder zusammensetzten.

Von seinem Platz neben C'Krrrarn aus sah Spark Dingbat, wie Poacher Junebug mit seinem Bambusspeer und Weidenkorb voller Sprechblasen von einer weiteren erfolgreichen Expedition zurückkehrte.

Von seinem Platz neben C'Krrrarn aus sah Spark Dingbat, wie Spark Dingbat auf seinem Platz neben C'Krrrarn saß. Sie saßen auf zwei Tatami-Matten, einer großen und einer kleinen, von Sparks Mutter extra gewoben. Jeder lebte, fürs Erste, von Sprechblasen, die sie, ohne die Münder zu öffnen, herunterschluckten, sobald sie aufstiegen. Das genügte.

DER PORNO-KRITIKER

Hedonismus betreiben konnte Kromer zu jener Zeit nicht, stattdessen betrieb dieser ihn, so wie eine gelochte Notenrolle ein mechanisches Klavier betreibt. Das meiste, was er wusste, hatte er aus Büchern – Anaïs Nin, William S. Burroughs, dem *Hite Report*, Sachen, die er als Jugendlicher in den Bücherregalen seiner Eltern zusammengeklaubt hatte. Und doch spielte er im derzeitigen Manhattaner Freundeskreis, der größtenteils aus Jungakademikern und Korrektoren juristischer Fachtexte bestand, die Rolle des Satyr. Je mehr er protestierte, es sei bloß eine einzige mit Heroin versetzte Zigarette gewesen, die man ihm zufällig gereicht habe, oder dass dieser sogenannte Dreier wenig mehr gewesen sei als wildes Petting und eine flüchtige Begegnung mit Schlafapnoe, desto mehr betrachteten sie Kromer als ihren Heiligen der Verkommenheit.

Kromers Ruf ging zurück auf die Partys, zu denen ihn eine frühere Schulkameradin geschleppt hatte: eine Erbin namens Greta, mit ausgeprägten Tränensäcken und rabenschwarzem Haar. Obgleich diese Partys ausnahmslos enttäuschend waren, brachte Greta sie doch ausnahmslos zum Erliegen. Wenn einem Gastgeber nichts anderes blieb, als die Lichter auszuknipsen und darauf hinzuweisen, dass das Sofa nicht mehr zu haben war, nahm Greta Kromer mit auf ihre Schlussrunden, oft bei Regen. Kromer arbeitete abends, die Uhrzeit störte ihn also nicht, und er hatte auch nichts anderes vor. Gretas Erbschaft, ein riesiger Treuhandfonds, den sie bis zu ihrem dreißigsten Geburtstag allerdings nicht anrühren durfte, machte sie fast verrückt, war sie doch fest davon überzeugt, im Elend zu sterben, bevor sie reich wurde. »Verdammt, ich hab schon drei verschiedene Dreier-Varianten durch«, erklärte sie Kromer irgendwann, mit bebenden Lippen, während sie verträumt in die Ferne blickte, so dass es aussah, als würde sie gleich in Tränen oder irres Gelächter ausbrechen. Tatsächlich aber war es bloß ein Anzeichen dafür, dass sie zwei oder drei Tage lang nicht geschlafen hatte. »Mit zwei Jungs, mit zwei Mädchen und mit einem Paar. Die einzige Variante, die ich niemals erleben werde, ist die, die mich wirklich interessieren würde – drei Männer.«

Greta war, auf ihre flatterhafte Weise, authentisch. Das Problem war eine unkooperative Welt, die im Zuge der neuen Anständigkeit der Ära Clinton katzbuckelte. Alle, die Greta sonst kannte, hatten sich seit der Prepschool an ihren Treuhandfonds vergangen. Da lag das Problem – sie waren für ihr Geld verantwortlich, während Greta gegen ihres Krieg führte. Ihr einziges Privileg bestand in der Nutzung des »Mannes« ihres Vaters, eines Emissärs und Dienstboten, der immer ans Telefon ging und, erstaunlicherweise, frische und heiße Hamburger vom Corner Bistro in jede Kaschemme in Downtown lieferte, zumeist eine, in der hauptsächlich präoperative Transsexuelle verkehrten und wo Greta und Kromer ebenfalls herumhingen. Greta musste sich manchmal die fünfzig Cents für den Anruf leihen. Kromer drängte Greta, nachdem er den Trick raushatte, diesen Service häufig in Anspruch zu nehmen, denn für gewöhnlich setzte dies dem Elend eines Abends ein Ende und verschaffte Greta jenen Schlaf, den sie dringend brauchte, dem sie sich aber widersetzte. Kromer nahm an, dass dieser Ausfahrer und Schieber eigentlich ein Butler war, als er ihn jedoch einmal Jeeves nannte, schien Greta nicht zu verstehen.

Kromers Furcht vor Gretas zahlreichen ambitionierten transsexuellen Bekanntschaften war konstant zu groß, um auch nur einen Blowjob von ihnen annehmen zu können. Keiner von ihnen hätte vermuten können, welchen Einfluss sie auf Kromer hatten. Der Vorgang war rätselhaft. Kromer, Büchernerd, Verkäufer, saß da und konnte inmitten junger Schwarzer in ausgestopften Büstenhaltern, die am nächsten Tag zu spät zur Kosmetikschule kommen würden oder, in einigen Fällen, zur Einführung in die Soziologie oder Psychologie am Queens College, nicht einmal sonderlich viel trinken. Ihre Spezialsprache – »Transfrau«, »präoperativ« – machte auch sie zu einer Nerdspezies, begriff Kromer. Und doch, tags darauf, während einem der nachmittäglichen Frühstücke mit seiner staunenden Kohorte von Doktoranden und Korrekturlesern, spielte Kromer die Rolle des Rasputin oder Gurdjieff, von dem erwartet wurde, schändliche Verführungen oder gar Entführungen ins Werk zu setzen. Womöglich aber war das eine Frage reiner Phrenologie – die Andeutung von etwas Teigigem und Unheilvollem in Kromers Kieferpartie und Augenhöhlen.

Renee und Luna aus der Geschichtswissenschaft am Graduate Center – Kromer nannte sie »die schöne Renee« und »die unsichtbare Luna« – praktizierten das Kumpelsystem und sorgten dafür, dass nie eine von ihnen mit ihm allein war. Das erfuhr er von ihrer etwas keckeren Kollegin Sarah, die bereit war, sich unbegleitet mit Kromer am Union Square zu treffen, zumindest bei Tageslicht. Der Nachmittag war sonnig, Tauben kraxelten über

Schlamm, den der Winter festgebacken hatte, ein Schal verbarg Sarahs Mund. Kromer hatte spekuliert, dass Sarah ihn vielleicht selbst wollte, bis sie Renees und Lunas Strategie erwähnte.

»Sie sollten keine Angst vor mir haben.«

»Sie haben keine Angst. Sie sind durcheinander und abgestoßen. Sie wollen in der Lage sein, Einschätzungen abzugleichen.«

Einschätzungen? Kromer war ein Scharnier zwischen den Welten, ein Blickerhascher. Auch er hatte nicht mehr anzubieten als seine eigenen Beobachtungen, die Weltformel jedenfalls nicht. Diese Situation konnte er nicht verständlich machen.

Genauso wenig wie Kromer gestehen konnte, dass es Renee war, die sich für alles außer für ihre Dissertation über zeitgenössische westliche Darstellungen des Boxeraufstandes interessierte, die er liebte. Renee Liu, die Rollkragenpullis trug und einem Windhund glich, die Nase ein Sinnbild der Melancholie, die bei allem, was Kromer halbwegs ernst gemeint von sich gab, die Stirn runzelte und argwöhnisch lachte, deren ältere Schwester mit Kromer und Greta auf dem College gewesen war und deren winzige chinesische Eltern Kromer daher einmal gesehen hatte, als sie Renees Schwester und ihre Habseligkeiten an ihrem Wohnheim abgeholt hatten.

Kromer hatte keine Ahnung, ob Renee davon wusste oder ob ihre Schwester ihr furchtbare Geschichten über Kromers Collegejahre erzählt hatte. Aber er konnte Sarah zu dem Thema nicht befragen, aus Angst, es könne sie verletzen, wenn sie zugunsten von Renee übergangen wurde. Schaden wollte Kromer seinem Image als Sendboten der Liederlichkeit nicht. Er sagte nichts. Sie verließen fluchtartig den Park in Richtung Café, wo Kromer Kakao zu trinken vorschlug, um so, wie er hoffte, einen Tupfer Harmlosigkeit hinzuzufügen.

¶

Lag es an Greta und ihren Präoperativen oder an der Tiefe von Kromers Augenhöhlen? Kromer wusste, dass es auch an seinem Arbeitsplatz lag, daran, wo genau er als Verkäufer arbeitete. Der Laden hieß Sex Machines. Kromer verkaufte dort klobige violette Phalli, Phiolen mit Weltraumgleitgel, silberne Kugeln und Ketten zum Einführen und Latexdelfine mit oszillierenden Schnäbeln. Der Ladenbesitzer war ein Kenner der Second Avenue, ein igelartiges, schmuddeliges Genie in Sachen Straßenramsch. Er besaß einen ganzen Block mit Ladenlokalen, und seine Spezialität war es, jedes Hipster-Unternehmertum auszustechen mit seinen eigenen pseudo-alteingesessenen Coffee-Shops, Videotheken und, schließlich, der Erotik-Boutique.

Inneneinrichtung und Warenbestand des Sex Machines waren dem eines berühmten Ladens in San Francisco, gegründet von einem sexpositiven lesbischen Kollektiv, peinlich genau nachempfunden. In Ermangelung eines solchen Kollektivs hatte der Besitzer Kromer aus der Videothek transferiert und sowohl als Manager als auch als Nachtschichtler in Stellung gebracht. Denn die Abendstunden waren entscheidend. Kromer, meisterhafter Verkäufer, der er war, nahm mit einer Freimütigkeit, die jegliche Scham verfliegen ließ, eine Unzahl an Geräten in Betrieb und demonstrierte deren unterschiedlichen Gangarten. In diesen Momenten betrachtete er sich als Konzeptuellen Lesbier, ein Begriff, den er sich ausgedacht, aber nie laut ausgesprochen und auch nicht zu einer kohärenten Definition ausgearbeitet hatte. Aber Kromer war sich ziemlich sicher, innerhalb der vier Wände des Ladens noch nie eine Erektion gehabt zu haben.

Vier Dinge. Die Präoperativen, Augenhöhlen, Sex Machines und der Zustand von Kromers Apartment. Wenige hatten es betreten, aber offensichtlich hatte es sich herumgesprochen. Kromers Chef, in dessen Videothek es Regale mit »Mitarbeiter-Favoriten« gab mit ausführlichen schriftlichen Kommentaren, hatte darauf bestanden, dass Sex Machines seine eigene Version des Kollektiv-Newsletters aus San Francisco produzierte, ein Kennzeichen der unverhohlenen Freundlichkeit des Ladens. In dem Newsletter wurden Pornofilme sorgfältig in Kategorien eingeteilt, gemäß Vorlieben und Neigungen und nach unterschiedlichen Kennziffern bewertet: Anzahl der Schlüsselszenen, Handlung oder das gewünschte Fehlen derselben, Vielfalt der Akteure etc. Es schien, als verkaufe man auf diese Art und Weise gelangweilten Ehepaaren Pornografie, ein Markt, den Kromers Arbeitgeber »Moby Dick« nannte.

Kromer, der sich im Gespräch einmal als angehender Schriftsteller geoutet hatte, wurde zum Herausgeber des Sex-Machines-Newsletters ernannt, ebenso zu seinem einzigen Mitarbeiter und Rezensent neuen Materials. Sein Apartment war ein Labyrinth aus aufgetürmten Pornos. Die schiere Menge war gigantisch. Die unordentlichen Stapel vermengten sich zu einer Tapete abstruser Schriften und Schlitzen rosafarbenen, braunen und gelben Fleisches; und obgleich die Aufgabe hauptsächlich darin bestand, Charakteristika zu inventarisieren, Abspritzer und Auspeitschungen zu tabellarisieren, konnte Kromer die Bänder gar nicht schnell genug durchgucken. Auch wenn sie für ihn genauso unsichtbar waren wie für jemand anderen vertraute Bücherregale, so machte die Ansammlung doch für gewöhnlich auf Besucher einen starken Eindruck. Das hätte Kromer eigentlich bedenken müssen, tat es aber nicht.

¶

Das hätte zuvorderst beziehungsweise insbesondere für jenen für Anfang März viel zu milden Abend gegolten, einen Monat nach seinem Spaziergang mit Sarah, als Kromer kurioserweise Renee und Luna von einer langweiligen Feier loseiste, die in einem Pub bloß einige Blocks von seinem Wohngebäude entfernt stattfand (irgendein Verlierer hatte das Mündliche bestanden, beim zweiten Versuch). Kromer hatte Greta mitgebracht, und im Grunde war sie diejenige, der das Kunststück gelang, indem sie Kromer volljammerte, sie doch mit in sein Apartment zu nehmen, wo er, wie sie wusste, ein frisches Tütchen mit gutem Gras hatte. »Wollt ihr high werden?« Greta, die sich neben Kromer klemmte, stellte Renee und Luna diese Frage ausdruckslos, sie hatte die beiden soeben erst kennengelernt. Gretas Kleid, Mascara und Manierismen ließen sie in dieser Gesellschaft wie eine Frau erscheinen, die sich für eine Party als Fledermaus oder Katze verkleidet hatte, auf der allerdings sonst niemand kostümiert war. Sie war eine geborene Verderberin und Verführerin, all dessen schuldig, was man Kromer je angedichtet hatte. Bloß dass es ihm nie gelungen war, sich das auch zunutze zu machen.

Der Spaziergang hätte nicht besser laufen können, Luna schloss sich Greta an, Renee bildete mit Kromer die Nachhut, die Luft war beinahe mild. Kromer löcherte Renee mit neckischen Fragen, traute sich sogar, überrascht zu tun, als er von ihrer Schwester erfuhr.

»Wir müssen zusammen zur Schule gegangen sein. Würde ich länger nachdenken, würde ich mich sicher erinnern.«

»Stell dir mich vor, nur hübscher. Sie war Model. Jetzt ist sie Model-Agentin.«

»Wirklich?«

»Nicht superbekannt. In Katalogen für Winterklamotten, unter heißen Scheinwerfern. Sie meinte, man könne bei einer Session zehn Pfund abnehmen, wär nur am Schweißaufwischen.«

»Wie ein Pitcher in der Anfangsformation, nach allem, was ich so gehört hab.« Er tat so, als würde er einen Forkball werfen.

»Total erniedrigende Arbeit.«

»Da bin ich sicher«, sagte er und ignorierte das unheilvolle Wort. In diesem Augenblick war er nicht in der Lage, sich dem Zusammenhang zu stellen, der zwischen ihm und der erniedrigenden Tätigkeit bestand, sich unter den heißen Scheinwerfern die Kleidung auszuziehen. »Du könntest auch eines sein.«

Dies rief ein welkes Lachen hervor. »Sieh dir mein Profil an. Ich bin ein Schwein, ich bin ein Hund.«

Mit Zeigefinger und Daumen bildete er ein *L*, empfand die Form ihrer majestätischen oder melancholischen Nase nach, etwas, das er alleine für sich geübt hatte, in der Vorstellung, wie er mit der Hand Maß nehmen würde. »Ich würde sie in Gold gießen.« Der Satz kam von irgendwo, sicher, aber geübt hatte er ihn keineswegs. Über den Satz erschrak nicht bloß Kromer, sondern auch Renee, sodass ihm ihr Lachen erspart blieb.

»Ich suche schon wer weiß wie lange nach einer Möglichkeit, dich mal von Luna loszueisen«, erklärte er. »Mehr als diese kleine Entfernung auf dem Gehsteig konnte ich bisher nicht erreichen.«

Renee schaute auf ihre Füße, dann auf Lunas und Gretas weiter vorn.

»Es gibt immer noch das Telefon.«

»Ich hörte, ihr beide folgt einer Parteilinie – oder habe ich da etwas missverstanden?« Er hoffte, der Witz war nicht zu antiquiert für sie. Ihre Knöchel berührten sich. Kein wirkliches Verheddern von Fingern. Keiner sagte Autsch.

Aber der Fußmarsch, die kurze Krümmung von Houston und Ludlow, war geschafft. Ihre Verabredung mit seinem Tütchen voller Gras verlangte, dass sie die süße Nacht verließen, zugunsten des Gestampfes und Gezisches der Heizung in seiner Etagenwohnung. Der Hausmeister hatte die Temperatur noch nicht der Jahreszeit angepasst, weshalb Kromer glühende Rohre mit weitgeöffneten Fenstern kompensierte. Luft, auf Gehsteig-Niveau samtig-weich, blies wie Eiseshauch durch seine Fenster im vierten Stock hinein. Er würde sich dafür entschuldigen, sie in eine Sauna gelockt zu haben, zerteilt von eisigen Luftstößen, nichts sonst.

¶

Sah Renee hinüber zu den Kassetten auf den Regalböden, den allzu wackeligen Kassetten-Türmen auf dem Boden unterhalb der Regalböden und den Kassetten oberhalb der Kleiderbügel im Schrank, wo Kromer ihre Mäntel verstaut hatte? Möglicherweise. Kromer sah, wie »die unsichtbare Luna« verstohlen hinüberschaute. Doch es war Renees Zurückhaltung, die Kromer als Zeichen hätte werten müssen. Sie verstummte, und aus ihren Gliedmaßen wich alle Lebendigkeit. Wäre doch bloß jeder der Blocks der Ludlow einen Kilometer lang gewesen. Greta saß im Schneidersitz auf Kromers Sofa und rollte mit der abgefeimten Intensität und dem Geplapper eines Bühnenzauberers Joints, so gekonnt, dass sie den Blick abwenden und ihrem Publikum in die Augen schauen konnte.

»Gehört das alles dir?«, sagte Luna. »Ich habe so etwas noch nie gesehen.«

Erleichtert ergriff Kromer die Gelegenheit. Die Kassetten hatten zunächst erwähnt werden müssen, bevor man sie abtun konnte. »Ich finde das selbst ziemlich unglaublich«, sagte er. »Meine Villa der Schweinereien hat viele Türen.«

»Was soll das denn heißen?«, sagte Luna.

Kromer stellte das Witzeln ein, optierte für Effizienz. Er beschrieb den formelhaften Charakter der Rezensionen, wie er mit der Zeit versiert genug wurde, eine zu verfassen, nachdem er sich nur fünfzehn oder zwanzig Minuten durch einen beliebigen Film gekämpft hatte, und die logistische Lästigkeit der sich auftürmenden VHS-Hüllen. »Man würde nicht denken, dass der Bedarf daran derart groß ist, bis man sie im Laden vor sich hat, gierig nach Neuerscheinungen. So als wäre es eine Schande, denselben zweimal anzusehen.« Es war das Pronomen »sie«, das er rüberzubringen gedachte, ein sprachliches Unter-Quarantäne-Stellen, um die unterschiedlichen Verhaltensweisen von Kunde und Verkäufer zu verdeutlichen.

Für einige Minuten ging das Thema unter. Der Joint kreiste durch den Raum. Zufrieden beobachtete Kromer, dass Renee, als er unter ihrer eleganten Nase Station machte, mit geschlossenen Augen einen tiefen Zug nahm. Er hätte nicht ahnen können, dass er sich als die Zündschnur einer Dynamitstange erweisen würde, als Funken, der sich bitzelnd Renees Lippen näherte. Oder dass sie hochgehen würde wie Yosemite Sam. Kromer senkte gerade die Nadel auf eine LP der Cowboy Junkies, als Renee gellend schrie: »Ich habe das Gefühl, mitten in einer Reproduktion von *Guernica* zu sitzen!«

»Wie bitte?«, sagte Kromer.

»Meine Augen finden nirgends Ruhe«, sagte Renee. »Es ist wie in einer Metzgerei – ein einziges Gemetzel.«

Gretas Augen weiteten sich, hingen nun auf Halbmast. »Eher wie bei Francis Bacon«, murmelte sie. Greta hatte am College im Hauptfach Kunstgeschichte studiert. »Aber echt, wenn man blinzelt, ist es, als säßen wir in einem Gemälde von Bosch.«

»*Der Garten der Lüste*«, sagte Kromer. Das Aussprechen des

Titels schien eine beruhigende Wirkung zu haben, etwa so wie die Worte *Das Königreich des Friedens* oder *Die Lahmen werden die Ersten sein* oder der narkotische Klang der LP, die in dem Moment schnurrte: »*Heavenly wine and roses seem to whisper to me when you smile …*«

»Mein Genderstudies-Professor hat ein Buch über die Lebensgeschichten von SexarbeiterInnen geschrieben«, sagte Renee. »Aber es bräuchte tausend Jahre, um diese aladdinische Höhle verrenkter Leiber zu analysieren.« Renees Gesichtsausdruck war entstellt, wie ihre Worte.

»Wenn diese Wände sprechen könnten, würden sie stöhnen«, sagte Greta.

»Ich denke, sie würden mich vielleicht auch anschreien«, sagte Renee.

»Man kann das nicht einfach … alles über einen Kamm scheren.« Kromer merkte, dass sein pauschaler Protest gegen Verallgemeinerungen nicht sonderlich viel Eindruck machte. Zufällig fand sich in einem der Bücherregale bei Sex Machines das Buch von Renees Professor, etwas, das zu erwähnen Kromer sich nicht verpflichtet fühlte.

Renee schnellte senkrecht in die Höhe, was Kromer in Alarmbereitschaft versetzte, bezüglich einer Polizei-Razzia oder einer durch glühende Asche in Brand gesetzten Bluse. Stattdessen schoss sie auf das pornografische Bauwerk zu, dem sie drei Kassetten entriss. Diese schmiss sie Kromer in den Schoß, giftige Kartoffeln. »Dann erklär uns den Unterschied.«

Wo sollte er bloß anfangen? Kromer überflog die Inhaltsangaben auf den Kassetten, hilflos. Tatsächlich hatte Renee ein gutes Händchen bewiesen, für eine Stichprobe. Zwei der drei verfügten über einige einfallsreiche Elemente. Er griff nach der obersten, *Bare Miss Apprehension.* »Die hier – *Bare Miss Adven-*

ture und die Fortsetzungen, meine ich – sind bloß auf den Star Joceyln Jeethers zugeschnitten. Pikarische Struktur, aber nett gemacht. Den Leuten gefällt es zumindest. Ziemlich gut ist der Fokus auf die weibliche Autonomie …« Kromer stolperte über die Ähnlichkeit des Wortes zu »Anatomie«.

»Was für eine Autonomie?«, sagte Renee.

»Autonomie … der Lust, denke ich.« Er spürte, wie er seine eigene Quasselstrippengurgel hinabstrudelte. »Wohingegen die hier …« Nachdem er die erste Kassette zur Seite geschoben hatte, hielt er nun die nächste in seinem Schoß in die Höhe, *Anal Requiem 4: The Assmaid's Tale.* Er zögerte mit den Begriffen »billig« und »unterste Schublade«, bevor er sich für »Abfall« entschied.

»Das war deine ganze Rezension, allmächtiger Kritiker?«, sagte »die unsichtbare Luna«. Niemand warf ihm einen Rettungsring zu.

»Oh, ich habe die jeweiligen Akte durchgezählt und aufgelistet, worum es hier wohl ausschließlich geht.« Er warf sie zur Seite. »Dieser hier ist hingegen tatsächlich ganz interessant.« Kromer hatte sich den Film mit dem Titel *Social Hormones* ganz bis zum Ende angesehen. »Die Brüder Sward sind für die Hingabe bekannt, mit der sie Charakterentwicklung und narrative Kausalität herstellen, und die Produktionsqualität ist für gewöhnlich – man kann ihre Sache tatsächlich mehr oder weniger wie einen Film anschauen, wenn auch nicht gerade einen großartigen.« Er erkannte Zitate aus seinem eigenen Newsletterbeitrag wieder. »Natürlich gibt es gewisse Grenzen, was die schauspielerische Güte anbelangt.« Ihm ging auf, zu spät, dass er zu beweisen versuchte, nicht von einem anderen Planeten zu sein, indem er dessen Topologie *en detail* erörterte, seine Krater aufzählte.

»Kommt, wir gucken ihn!«, sagte Greta.

»Oder auch nicht«, sagte Renee. Sie sah krank aus. Alle schauten unfreiwillig zu Kromers riesigem schwarzen Fernseher auf dem Rollwagen, obenauf thronte der Videorekorder. »Geht das nur mir so«, sprach Renee weiter, »oder kommen die Wände näher?«

Die Macht der Suggestion war gewaltig. Kromer, obgleich dringend an einem Thema interessiert, bei dem er mit Renee einer Meinung sein konnte, verkniff es sich zu sagen, er habe das auch bemerkt. »Ich sollte wirklich mal einiges davon entsorgen …«

»Du könntest auch einfach die Fenster zumauern«, sinnierte Luna. »Das hätte dann was von Schauergeschichte, wie heißt die gleich – *Der Gefangene in der Rue Morgue*?«

»Von Edgar Allan Porno!«, kreischte Greta.

Renee fuhr erneut von ihrem Platz hoch, steuerte diesmal die schrumpfende Mitte des Raumes an, mied die drohend näher rückenden Regale. Sie stürzte kopfüber vorwärts, krümmte sich zweimal, versuchte trotz akutem Kotzreiz den Spurt bis in Kromers Badezimmer noch zu schaffen. Sie schaffte es fast. Das Selbstbild, das sie zuvor erwähnt hatte – eines Schweines, eines Hundes –, wurde nun sichtbar, was Kromer alles andere als kalt ließ, ganz im Gegenteil. Sie stieß ihn weg, nachdem er einen kurzen köstlichen Moment lang ihre lange, geriffelte Wirbelsäule unter seinen Fingern gespürt hatte, und taumelte zur Toilette, um zu Ende zu würgen. Kromers Superspezialwissen schlug, so schien es nun, am Punktestandanzeiger der Menschheit noch schlechter zu Buche als jeglicher Totalausfall. Es war richtiggehend toxisch, konnte wunderschöne Frauen zum Kotzen bringen. Ihm kam der Gedanke, dass ihr, wie sie dort kniete, zumindest der Blick auf die VHS-Kassetten erspart blieb, die auf dem Porzellanspülkasten aufgestapelt waren.

Kromer bearbeitete die Dielen mit Küchenkrepp und Zitronenreiniger, hoffte, ihr so die Scham wegen ihres stinkenden Action Paintings zu ersparen. Er sah hinüber und entdeckte Luna und Greta, die, nebeneinander auf dem Sofa sitzend, amüsiert seine Bemühungen beobachteten, während Gretas kurze Finger Lunas Bogenschützin-Oberschenkel entlangschlängelten. Hinter ihm fiel die Wohnungstür krachend ins Schloss.

¶

Das fortwährende Mysterium lag darin begründet, wie viel man zu wissen glaubte, bevor man überhaupt etwas wusste. Vielleicht lag es aber auch darin begründet, wie dämlich man sein konnte und sich dennoch an Anhaltspunkten dafür festklammerte, dass die eigene Blödheit von Dingen wusste, die einem selbst verborgen waren. Kromer, jetzt nur mal so als Beispiel, hatte sie »die unsichtbare Luna« genannt, ohne zu schnallen, dass er, Kromer, unsichtbar für Luna war. Sie war, wie er jetzt begriff, eine schmachtende, noch zögernde Lesbe, verknallt in ihre beste Freundin.

Kromers Konzept lesbischer Liebe hatte sich in ihm etabliert, ohne dass er selbst je über einen *Gaydar* verfügt hätte. Er hatte dafür gesorgt, dass Luna an seiner Peripherie unscharf blieb, nicht nur, um sich gegen die Erkenntnis zu schützen, wie wenig er ihr bedeutete, sondern auch aus Angst, realisieren zu müssen, welche Nebenrolle er spielte: Kromer, erregend, aber unheimlich, konnte in Renee lüsterne Empfänglichkeit hervorrufen, auch wenn sie vom männlichen Kandidaten abgestoßen war. Hatten Kromer und Luna es doch auf dieselbe Beute abgesehen, auf die, die gekotzt hatte und dann verduftet war. Kromers gegenstandsloser Ruf hatte erneut seine zarten Hoffnungen zu Staub zerfallen lassen. Was Lunas Hoffnungen anging, wer wusste das schon? Kromer hatte es mit seiner Rolle übertrieben, oder sein Apartment hatte das erledigt.

Wahrscheinlich hätten beide keine Chance bei Renee gehabt. Das sind so die Momente, für die Trostpreise gedacht sind. Die Brüste der eigentlich unsichtbaren Luna, die in dem durch Kromers Schlafzimmerfenster einsickernden Schein der Straßenlaterne jetzt zur Gänze zu sehen waren, fassten sich wunderbar an. Kromer war mit ihnen alleine gelassen, während sich Luna Gretas Handlungen hingab, weiter unten. In der Luft hing eine Mischung aus Schweiß, Rauch und Kotze, die Uhrzeit war unbestimmt. Die Nadel stieß gegen das Etikett, am Ende der Rille, wieder und wieder. Es war alles gut, wie es war, prima, in Ordnung so, obgleich Kromer das Abendessen ausgelassen hatte und hungrig war. Über Stunden hinweg war er nun vom Futon aufgestanden, um die Platte zu wechseln, in dem Wissen, dass er der unwesentliche Faktor war und sich nie sicher sein konnte, wieder willkommen geheißen zu werden, wenn er zurückkam. Aber die Aussicht auf die exotische Sache, an die man sich ewig erinnern würde, den verlockenden Schimmer von Erfahrenheit, den man nie wieder ganz entfernen konnte, hielt Kromer seine kleine Nische frei, so lange er so schlau war und seine Hose anbehielt. Jetzt war er zu faul, um die Platte zu wechseln.

Wieder einmal war Kromer der Verbindungsmann, der Marketender. Er hätte genauso gut hinter dem Tresen von Sex Machines stehen können, sein Leben war ein Schauplatz, an den andere kamen, um dort ihre Bereitschaft für etwas zu testen, bei dem es sich, wie sie befürchteten, um ihre unterdrückten Sehnsüchte handelte. Ob das genügend Raum für Kromers eigene Sehnsüchte ließ, blieb ungewiss. In der Zwischenzeit gab Kromer den famosen Kerl, der sein Bestes gab, um sicherzustellen, dass Luna nie erfahren würde, in welcherlei Dreier Greta sich tatsächlich hinzugeben wünschte. Niemand würde je die kleinen Befindlichkeiten verstehen, die nötig waren, um einen Schmierlappen wie Kromer zu schaffen.

Als Luna zufrieden war, sich am Horizont ihrer eigenen Möglichkeiten erschöpft hatte, suchte sie ihre Unterwäsche zusammen und richtete sich mit einem gewissen Entsetzen im Blick her, tat es dann Renee gleich und verließ fluchtartig das Apartment, ließ Kromer und Greta zusammen auf dem Futon zurück. Es war jener benebelte Ausklang, für den sie sich an vielen Abenden entschieden hatten, allerdings nie in Abwesenheit von Gretas Garderobe und in Teilen auch von Kromers. Greta, Feindin des Schlafes, rollte einen weiteren Joint. Kromer legte eine weitere Platte auf, kam zurück aufs Bett. Greta knöpfte ihm die Hose auf.

»Schon okay«, sagte Kromer. Vielleicht war es das, was er und Greta gemeinsam hatten. Gleichermaßen im diametralen Gegensatz zu offenkundig untadeligen Bürgern wie Luna, war Greta ein weiterer Prima-Kerl-Schmierlappen, der sich Sorgen machte, dass Kromer selbst keine Entspannung erfahren hatte.

»Nein«, sagte Greta und pulverisierte damit seine Theorie. »Ich will jetzt einen Schwanz in mir.«

Nicht Kromers im Besonderen; das war einfach Gretas typische Ehrlichkeit. Kromer hatte das Gefühl, ausnahmsweise einmal in der Position zu sein, verhandeln zu können. »Es muss Barney Greengrass sein. Eine ganze Platte Räucherfisch, mit jeder Menge Bagels. Drachenkopf und Stör, außerdem gehackte Leber. Ruf den Typen deines Vaters an.«

»Die haben nicht geöffnet – es ist mitten in der Nacht.«

»In ein, zwei Stunden haben sie geöffnet.« Er hielt ihre Hand fest. »Ruf erst den Typen an, mach alles klar. Kaffee und Orangensaft, das volle Programm.«

Greta seufzte, nahm den Hörer von Kromers Telefon und tat, was er verlangt hatte. Dann zog sie ihm die Hose aus. Jetzt habe ich meinem Portfolio glorreicher Verbrechen auch noch Prostitution hinzugefügt, dachte Kromer. *Ich habe für Stör gefickt.* Aber nein, das hieße, das Spiel nach ihren Regeln zu spielen. Deutlicher als je zuvor sah Kromer die ermüdende, sakrosankte Wahrheit, die niemand, womöglich selbst Greta nicht zu erkennen in der Lage war: Er war unschuldig.

DAS LEERE ZIMMER

Früheste Erinnerung: Vater stolpert über herumliegende Spielsachen, hüpft sich den Zeh haltend umher, auf hundertachtzig, Mutter rollt mit den Augen. Besaß mein Vater doch selbst Spielsachen. Einmal brachte er eine Ampel mit nach Hause in unser Apartment im paarunddreißigsten Stock des Wohnturms an der Columbia Avenue. Die Leuchte, deren Taxigelb in den Jahren des Herumpendelns oberhalb irgendeiner verpesteten Kreuzung matt geworden war, krakeliert wie die Glasur einer Ming-Vase, wo Muttern zu fest angezogen und wieder gelöst worden waren, stand seitlich neben dem Couchtisch, den sie ersetzen sollte, sobald mein Vater eine passende Platte dafür gefunden hatte. Tatsächlich sollte uns die Ampel den Hudson hinauf nach Darby folgen, in das Haus mit dem leeren Zimmer. Dort verließ sie die Garage nie wieder.

Eine andere Erinnerung: Die Eltern meines Spielkameraden Max hatten sich von meinen ein zusätzliches Geschirrset geliehen. Ich verbrachte eine Menge Zeit mit Max und, wenn er uns denn in sein Zimmer ließ, seinem älteren Bruder. So war ich also auch an dem Nachmittag anwesend, als mein Vater das Geschirr zerstörte. Max' Familie bewohnte ein Zweifamilienhaus, den Keller und das Erdgeschoss eines Brownstone, einen Palast des Überflusses … Max und sein Bruder verfügten über separate Zimmer und einen Garten. Neben der Geräumigkeit unseres Farmhauses in Darby aber würde all das verblassen. Das war das Entscheidende. Die Rückgabe des Geschirrs hatte sich zwischen unseren beiden Familien zu einem Running Gag entwickelt, zumindest aber für Max' Eltern. Immer wieder versuchten sie es zurückzugeben, während mein Vater beteuerte, dass wir eine zweite Garnitur wirklich nicht bräuchten; er behauptete, es sei ein Geschenk gewesen, keine Leihgabe. Was das betraf, fanden sie meinen Vater drollig, während dieser es nicht nur ernst meinte, sondern auch die Geduld verlor.

An dem Tag war mein Vater auf dem Nachhauseweg von der Penn Station einen Schlenker gefahren, um mich abzuholen. Er musste wegen der Arbeit häufiger nach Albany. Während sie in der Küche standen, überraschte Max' Vater ihn, indem er meinem Vater den Stapel peinlich gesäuberten Geschirrs in die leeren Hände drückte.

»Ihr wollt es wirklich nicht?«, bekräftigte mein Vater auf seine trockene Art.

»Nein, bitte«, sagte Max' Vater.

»Nun denn, dann machen wir es einfach so«, erklärte mein Vater, wobei er die Hände öffnete. Die Teller fielen zu Boden und explodierten, und Splitter drangen in jede Ecke der Küche und den Teppich im Wohnzimmer dahinter. Hier endet die Erinnerung. Max und ich waren dann nur noch Brieffreunde, als meine Familie umzog.

Arbeitgeber meines Vaters war das Amt für Stadtentwicklung und Wohnungswesen des Staates New York, und wir zogen in den ländlichen Norden, um näher an seiner Arbeitsstelle zu sein. Der Umzug wurde mir und meiner Schwester allerdings als eine Art körperlicher Impuls seitens meiner Familie verkauft, ähnlich dem laichender Lachse, mit dem Ziel, die hektische, schädliche Stadt zugunsten eines Orts zu verwerfen, an dem wir leben konnten. Ich war alt genug, um von pubertären Sammlungen von weiß der Teufel was zu träumen, die ich in meinem eigenen Zimmer gekonnt drapieren würde, und davon, wie ich Charlotte und ihre Freunde ausschließen würde, und wie ich sie dann, später, mit großer Geste, doch hineinlassen würde.

Die Möbelpacker kippten unsere Besitztümer in das neue Haus. Dessen Riesenhaftigkeit, die endlosen Wandschränke, die Existenz der Scheune und der Garage: Es war, als würden unsere Sachen dadurch verhext. Die Anhäufungen meines Vaters schrumpften zusammen, so als betrachte man sie durch die falsche Seite eines Teleskops. Fieberhaft rannten Charlotte und ich durch das Haus, zählten die Türen, einschließlich jener von Wandschränken, Dachkammern und Kellern. Bei sechzig verloren wir den Überblick. Dann verteilten wir die Zimmer. Ein Raum wurde als Lager bestimmt, ein anderer als Gästezimmer. Im Erdgeschoss sonderte mein Vater ein Zimmer aus, das zuvor als Arztpraxis gedient hatte (meine Eltern hatten das Haus aus der Erbmasse eines pensionierten Landoptometristen erworben), mit einer Tür und einem Fenster, ein schlichter rechteckiger Raum mit halbhoher Vertäfelung, und erklärte ihn zum zukünftigen Sitz des leeren Zimmers. Der Raum war jetzt leer. Und er würde es bleiben.

»Wofür ist er?«, fragte sein elfjähriger Sohn.

»Alles, was wir wollen«, sagte mein Vater.

»Können wir dort spielen?«, fragte seine achtjährige Tochter.

»Solange ihr eure Spielsachen wieder mit raus nehmt, wenn ihr fertig seid, ja.«

Er erklärte es uns anhand einer Reihe von Ausschließungen. Ich fragte, ob wir hineingehen und die Tür schließen könnten. »Es gibt keine Regeln«, sagte er. »Aber …«, setzte ich an. »Außer der, dass es leer bleibt«, unterbrach er mich. »Kann ich dort essen?«, fragte ich ein paar Tage später. »Es gibt nichts, was du dort nicht tun kannst«, sagte mein Vater orakelhaft. »Unsere Familie isst gemeinsam am Tisch«, sagte meine Mutter. Charlotte fragte, ob der Raum meinem Vater gehöre. »Er gehört niemandem von uns.« Vor unserem Umzug in den ländlichen Norden hatten wir uns einen Welpen zugelegt, um zu beweisen, dass wir einen Garten hatten. »Ist es Arfys Zimmer?«, fragte Charlotte, womöglich verstand sie nicht ganz. »Auch Arfy kann gern das leere Zimmer nutzen«, sagte mein Vater. »Und wenn Arfy hier Kacka macht, wer muss das wegmachen?«, fragte ich. Wir schauten alle meine Mutter an.

Darauf folgte ein ritueller Zyklus erster Inbesitznahmen, Barbies und G.I. Joes wurden unter den Blicken meines Vaters besonnen verstreut und wieder eingesammelt. Meine Mutter ignorierte das. Eines Samstagmorgens schlief sie länger, und mein Vater führte uns hinein und wir saßen im Schneidersitz auf den glatten, kalten Dielen und machten ein Frühstückspicknick, unsere Pop-Tarts in die Höhe gereckt, um sie außerhalb von Arfys Knabber-Reichweite zu halten.

Diese Episoden waren trostlos und flüchtig. Meistens war das leere Zimmer leer.

Am Ende des Sommers begannen Charlotte und ich in die weitläufige öffentliche Schule in Darby zu gehen, ein abgelegener Gebäudekomplex, der furchterregende zwölf Jahrgangsstufen beherbergte. Wenn wir einen neuen Freund mit nach Hause brachten, wurde der Raum als Sinnbild für unsere noch laufende Ausbreitung in dem riesigen Haus schöngefärbt, oder als »berüchtigter« kauziger Charme meines Vaters. Binnen eines Jahres stellte das leere Zimmer einen sozialen Vermögenswert dar, wie etwa die Sammlung an Comedy-Schallplatten meines Vaters oder seine alten *Playboy*-Hefte, wie die Attraktivität meiner Mutter oder ihre Bereitschaft, während winterlicher Marathons von *Gilligans Insel* und *Bezaubernde Jeannie* für frischgebackene Blondies zu sorgen. Das leere Zimmer gehörte zu den »coolen« Sachen, die ich aus meinem städtischen Dasein importiert hatte, ungeachtet der Tatsache, dass es das symbolische Gegenteil jenes verschwundenen Lebens war.

Mein Vater brachte eine Belegliste an der Tür des leeren Zimmers an. Meine Mutter verbrachte ihre Nachmittage damit, es zu verwalten. Das war das Erste, worüber sie sich beschwerte, als mein Vater sich zum Essen hineinschleppte. Wenn er rechtzeitig kam, um persönlich Kinder aus dem Raum zu jagen – wobei er stets prüfte, ob wir den Ort auch gewissenhaft von Baseballkarten, *Archie*-Sammelbänden, Slim-Jim-Verpackungen und so weiter befreit hatten – begrüßte er uns mit hochgezogener Augenbraue und einem seiner Standardkommentare: »Unerklärliche Vorgänge, wie ich annehme« oder »Dabei kam es zu nicht näher bezeichneten Machenschaften«. Einmal wurde Zigarettenrauch bemerkt, das Überbleibsel eines spontanen radikalen Aktes seitens des nervtötenden Freundes Buzz meines Freundes Mike, da das leere Zimmer jetzt der Treffpunkt für eine Clique von Jungs der Darby High war, die ich selbst gar nicht einmal hatte beeindrucken wollen. Meine Mutter scheuchte uns auf, beorderte Mike und Buzz nach Hause und mich in mein »echtes« Zimmer. Als mein Vater zurückkam, schickte sie ihn auf eine Schnüffeltour hinein.

»Hier ist in keinerlei Hinsicht den Anforderungen Genüge getan worden«, setzte er an. »Das leere Zimmer ist im Hause unserer Familie so etwas wie ein lebendiges Organ.« Die deutenden Monologe meines Vaters wurden zunehmend obskur. Wir schalteten ab, bevor er die Feinheiten irgendeines neuen Regelwerks zu Ende formuliert hatte. »Man könnte die Lunge auch als das leere Zimmer des menschlichen Körpers erachten, nicht bloß als Negativraum. Die Art und Weise, wie sie sich mit weltlicher Materie füllt und wieder davon befreit, macht sie buchstäblich zum ehrgeizigsten Organ von allen.« Charlotte, die gehofft hatte, meine dramatische Bestrafung mitverfolgen zu können, verließ den Schauplatz, wobei sie mit den Armen rudernd ihre Verärgerung signalisierte. Meine Mutter verabschiedete sich ebenfalls.

Im Zuge von Reagans Sparpolitik demontierte dann Hugh Careys Administration widerwillig das Amt für Stadtentwicklung und Wohnungswesen. In den Monaten, bevor mein Vater gefeuert wurde, siedelte meine Mutter sich in dem leeren Zimmer an, begab sich an ihr großes aufgeschobenes Projekt, die mündlich überlieferten Lebensgeschichten unserer Großmutter und sieben Großtanten zu transkribieren, die sie für ihre Abschlussarbeit in Anthropologie am Hunter auf Band aufgenommen hatte. Bereitwillig traten Charlotte und ich ihr den Raum ab. Wir hatten unsere Leben an andere Orte verlegt, hauptsächlich in die Autos unserer Freunde oder in die Sitznischen und auf den Parkplatz des Donut-Ladens in Darby. Meine Mutter, die riesige Kopfhörer trug und ihr spezielles Bandgerät mittels eines Fußschalters bediente, arbeitete mit einer Anmutung stiller Raserei an ihrem Projekt, ähnlich einer Näherin in einem Ausbeuterbetrieb. Aber sie versäumte es nie, ihren Tisch wegzuräumen, nachdem sie gearbeitet hatte.

Monate bevor ich Richtung College aufbrach, hörte mein Vater auf, jeden Tag nach Albany zu fahren. Er hatte dort die »Korridore der Macht« frequentiert, wie er es formulierte – genauer gesagt allerdings Allworthy's Imbiss, die Fressbude, wo die Abteilung immer zu Mittag gegessen hatte und wo sich nun einige der alten Kollegen trafen und Karrieren nachtrauerten, mit denen sie fest gerechnet hatten. Der Ausbeute, die sich auf den Dachböden und in der Garage ansammelte, und den Hudson-River-School-Billigkopien in ihren vergoldeten Rahmen nach zu urteilen, die die Wohnzimmerwände zukleisterten, hatte er begonnen, die verstaubten Flohmarktläden der Hauptstadt zu durchkämmen.

In das leere Zimmer selbst brachte er wenig. Eine Penguin-Ausgabe von Graham Greene, eine Untertasse mit fünf oder sechs gestapelten Oreos, ein altes Transistorradio mit der wundersamen Gabe, Bob Murphys und Lindsey Nelsons Übertragungen der Mets-Spiele aus New York reinzukriegen, wenn auch in knisterndes Rauschen gehüllt. Für eine kurze, wütende Weile reaktivierten meine Eltern das System mit der Belegliste, stritten sich vor der Tür um das Klemmbrett, auf dem von dem originalen handlinierten Raster meines Vaters nach der x-ten Fotokopie nur mehr grießige Schemen übrig waren. Als seine Besitzansprüche den Raum betreffend die meiner Mutter irgendwann in den Hintergrund drängten, richtete sie sich oben im Gästezimmer ein Büro ein.

Ich nahm das nur beiläufig wahr. Nachdem ich zum Studienbeginn das Haus verlassen hatte, fackelte ich, egal welches Elternteil ans Telefon ging, nicht lange und bat bald darum, den Hörer an Charlotte weiterzugeben. Das überlange Kabel, das meine Mutter an dem wandmontierten Telefon in der Küche installiert hatte, reichte, wenn man es richtig dehnte, gerade so bis unter die geschlossene Tür des leeren Zimmers hindurch. Ich hörte, wie Arfy jaulte und an der Tür kratzte.

»Es geht gar nicht darum, dass er permanent hier drin ist«, sagte sie. »Oder dass sie die Hälfte der Zeit oben in ihrer fußschalterbetriebenen Zeitmaschine verbringt. Es geht nicht mal darum, dass sie nie auch nur ein Wort miteinander wechseln. Sondern darum, dass sie jedes Mal, wenn einer von ihnen mir zu sagen versucht, was ich tun soll, anfangen mit ›deine Mutter und ich haben das Gefühl‹ oder ›dein Vater und ich möchten, dass du verstehst‹ oder irgendeinem anderen gehirnverbrannten Scheißdreck und ich am liebsten kotzen würde.«

Ich überredete sie, Charlotte in einen Trailways-Bus zu stecken, damit sie mich während der vorlesungsfreien Zeit im Herbst besuchen konnte, wobei ich behauptete, wir seien von der Familie meiner Freundin Deanna zu einem Thanksgiving-Abendessen in einem Hotel in Northampton eingeladen. Tatsächlich verbrachten Deanna, Charlotte und ich die Woche damit, durch die verwaisten Flure des Wohnheims zu schlurfen, Fastfood und Ramen zu essen, R.E.M.s *Murmur* zu hören und morgens, mittags und abends Marihuana zu rauchen. Deanna war der erste Mensch, den ich kennengelernt hatte, der Marihuana wie Zigaretten rauchte; sie war der erste Mensch, der eine Menge Dinge tat. Ich war mir sicher gewesen, sie und Charlotte würden gut miteinander auskommen. Am Busbahnhof hatte ich meine erste Anwandlung von Eifersucht, nur Augenblicke, nachdem Charlotte ihre Sporttasche aus dem Laderaum gezerrt hatte.

»Du bist also die Spaßkanone«, sagte Deanna und griff mit der Hand nach Charlottes Haar und verwuschelte es nach oben hin zu einem Knäuel. »Kein Wunder, dass dein Bruder mich gern hat.«

»Mir fallen ein Haufen Gründe ein, warum er dich gern haben könnte.«

»Lässt du mich etwas mit deinen Haaren machen?« Deanna deutete mimisch eine Schere an. Charlotte machte große Augen.

An Thanksgiving nahmen wir drei psychoaktive Pilze und flegelten uns auf einem dreckigen, mit Marihuana-Samen verseuchten Bereich von Deannas Teppich auf den Fußboden. Ihr Wohnheimzimmer für den Drogentrip zu okkupieren, während der Rest des Universums, soweit wir wussten, ein genormtes, Rockwell'sches Thanksgiving abspulte, ließ mich an die Vorstellung meines Vaters vom Aussetzen des normalen Lebens innerhalb der Grenzen des leeren Zimmers denken. Aber Charlotte und ich sprachen nicht darüber. Fürs Abendessen hatten wir Ravioli in Dosen von Chef Boyardee gekauft, bloß wegen des Elendsfaktors, waren aber gar nicht sonderlich hungrig. Um vier Uhr morgens zerfielen unsere lodernden Synapsen zu Asche, und wir sanken auf dem Teppich in katzenhaften Schlummer.

Am Busbahnhof gelang es Charlotte nicht, ihre Tränen zu verstecken. Für einige weitere Wochen, bis zu jenem fatalen Silvester-Besuch, konnte ich mich mit dem Gedanken trösten, dass die Welt meiner Eltern unveränderlich und eintönig war, eine Schneekugel, der ich glücklicherweise hatte entkommen können und die Charlotte unglücklicherweise weiterhin ertragen musste. Ich war derjenige, der in schmetterlingsgleicher Entpuppung begriffen war. Weshalb Anfang Dezember und der vergangene September, in dem ich Deanna kennengelernt hatte, ähnlich weit voneinander entfernt zu sein schienen wie Darby und der Mond. Welches Recht hatten meine Eltern dazu, irgendetwas anderes zu tun, als reglos dazustehen und meine mir kaum bewusste Verachtung zu ertragen?

Als ich anrief, um anzukündigen, ich würde Weihnachten mit Deanna verbringen (diesmal würden wir nach New York fahren), weinte meine Mutter. Die Frauen in meiner Familie waren alle Heulsusen. »Nun, Charlotte kriegst du diesmal aber nicht«, sagte meine Mutter, womit sie mich erstaunte. Im Hintergrund hörte ich meine Schwester, die sagte: »Lass mich mit ihm sprechen, Zoe.« Charlotte hatte zu der Zeit, als mein Vater gefeuert worden war, begonnen, sie mit ihrem Vornamen anzusprechen. Ich sagte immer noch Mutter und Vater.

»Du musst zurückkommen«, sagte Charlotte. Ihre Stimme war kalt. »Nein«, hörte ich sie sagen, die Sprechmuschel mit der Hand zuhaltend. »Nein, er kann das Telefon nicht haben, ist mir egal. Sag ihm, er soll rauskommen, wenn er das Telefon haben will.«

»Was ist los?«, fragte ich.

»Rupert will mit dir reden.« Das vogelartige Getschilpe verstummte im Hintergrund.

»Was braucht er so lange?«

»Er zieht sich an.«

Dann war mein Vater dran. »Okay, Studiosus, man hat mich abgeordnet, darauf zu insistieren, dass du uns einen Blick gewährst auf diese deine Madame. Ich habe Gutes gehört, aber ich würde gern sehen, wie sich das neue Paradigma unter meinem eigenen Dach behauptet.« Sein flapsiger Modus war sogar noch schwerfälliger als sein schwerfälliger Modus. Ich versprach, wir würden rechtzeitig zu Silvester anreisen. Am nächsten Tag rief meine Schwester mich vom Parkplatz des Darby Donuts an, um mir zu berichten: Rupert habe eine neue Richtlinie zum Ablegen der Kleidung an der Schwelle des leeren Zimmers erlassen. Und Zoe habe draußen, unterhalb des Fensters des leeren Zimmers, ein korrodiertes Rinnsal entlang der Schindeln entdeckt: Urin.

An Weihnachten hatte ich aus New York angerufen, meinen Eltern dann Funkstille gegönnt. Sie glaubten, wir würden von New York City hochfahren, aber Deanna und ich hatten uns erneut in den still gewordenen Wohnheimen verkrochen, brauchten nichts außer unseren agilen Körpern. Als am letzten Dezembertag ein Schneesturm aufzog, stellten wir uns um ein Uhr Mittag an die Route 9. Aber aufgrund des Blizzards gab es nur noch wenige Mitfahrgelegenheiten, und bereits um halb vier wurde es dunkel, und wir hatten eiskalte Füße, weil wir uns auf der Suche nach einer akzeptablen Stelle zum Trampen mit unseren Rucksäcken immer wieder aus den Ortskernen kleiner Dörfer hinausschleppen mussten. Um warm zu werden, legten wir in Pittsfield eine Pause ein und investierten das letzte Geld von Deannas Eltern in ein Abendessen, mit Roastbeef *au jus* belegte Brote, in einem Restaurant namens Dewey's. Ich konnte unmöglich sagen, ob meinen Eltern klar war, wie lange es her war, dass ich meine Finanzmittel für den täglichen Bedarf an der Uni aufgebraucht hatte.

Deanna und ich fingen an, den Parkplatz des Diners zu beackern, baten die Fahrer dort darum, uns davor zu bewahren, uns ungeschützt an die Straße stellen zu müssen. Binnen einer Stunde, auch wenn es uns wesentlich länger vorkam, fanden wir eine gnädige Seele, einen Mann mittleren Alters mit Fliege und Jagdmütze, der uns nach Darby hineinfuhr, zu dritt saßen wir im Führerhaus seines Pickups, unsere Taschen, längst durchweicht, hinten festgezurrt. Scham verschloss uns die Lippen, die Heimreise ein surrealer Sturz durch einen Zyklon aus Weiß, zu dem Radiohymnen den Soundtrack besteuerten.

Weder Deanna noch ich trugen eine Uhr, aber das Armaturenbrett des Samariters gab an, dass es zwanzig vor zwölf war, als wir ausstiegen. War das geplant gewesen? Nein, niemals. Einige Planänderungen sind dazu bestimmt, erinnert zu werden, als wären es Verschwörungen gewesen. Mein Vater musste, angesichts der Scheinwerfer in unserer Zufahrt, aus dem leeren Zimmer gestürzt sein und sich in der Diele angezogen haben. Als ich und Deanna aus der Dreckschleuse durch die Küchentür gestapft kamen, stand er im Flur und knöpfte sich die Ärmel zu.

»Frohes neues Jahr, ihr Nachtschwärmer!«, sagte mein Vater. Arfy klammerte sich an mein Bein.

»Wo ist Charlotte?«, fragte ich.

Meine Mutter setzte sich auf die Treppe. »Als ihr nicht kamt, hat sie ein paar Freunde angerufen«, sagte sie. Dann: »Hallo, wie geht's? Ich bin die Mutter.« Deanna ging weit genug die Treppe hoch, um die Hand meiner Mutter zu ergreifen und eine Verbeugung zu machen. »Na ja, wir sind ja gekommen!«, sagte ich, versuchte den überschwänglichen Ton meines Vaters zu imitieren, scheiterte aber.

»Deine Turnschuhe sind ja völlig durchnässt«, sagte meine Mutter. Das traf auf uns beide zu. Deanna ließ sich neben ihren Rucksack plumpsen, um die Schuhe abzustreifen, aber schon die Schnürsenkel zu lösen, bereitete ihr Schwierigkeiten. »Eigentlich ist alles durchnässt«, sagte ich. Unsere Jeans waren trotz der Druckbelüftung des Samariters mit Dämpfen aus dem Motorraum nicht getrocknet. »Möchtest du dein Zeug in den Trockner werfen?«

Meine Eltern verstummten. »Lass mich dir das weltberühmte leere Zimmer zeigen«, sagte ich und fügte, bevor mein Vater etwas sagen konnte, hinzu: »Kleidung nicht erlaubt.« Deanna zuckte mit den Schultern und begann sich aus den äußeren Lagen zu schälen. Meine Freundin war eine Spezialistin darin, im richtigen Moment Format zu zeigen.

»Es ist fast Mitternacht«, quengelte mein Vater.

»Könntet ihr uns ein paar Decken und Kissen und so weiter

bringen?« Mein Vater nahm sich ein Plätzchen von einem Teller, der halbherzig aufgestellt worden war, womöglich viele Stunden zuvor, und begann daran zu nagen. Er hätte genauso gut an seinem Hemdsärmel oder Arm kauen können.

War meine Mutter ebenfalls eine Mitverschwörerin? Alles, was ich weiß, ist, dass sie meine Befehle (denn es waren tatsächlich Befehle) mit roboterhafter Präzision ausführte. Sie lieferte Kissen, ausreichend gefaltete Laken und die Daunendecke vom Gästebett an die Tür des leeren Zimmers. Zu diesem Zeitpunkt waren Deanna und ich dahinter bereits nackt, hatten den Spalt nur einige Zentimeter vergrößert, um unsere Unterwäsche auf den Haufen zu werfen. Mitternacht kam und ging, was zu beiden Seiten der Barriere jedoch unbemerkt blieb. »Kerzen«, antwortete ich, als, nachdem ich die Tür geöffnet hatte, um Spenden in Empfang zu nehmen, meine Mutter fragte, ob wir sonst noch irgendetwas bräuchten.

»Deine Eltern scheinen ja ganz schön großartig zu sein«, sagte Deanna mit ausgesuchter Neutralität, als sie den ersten der Joints entzündete, den sie gerollt hatte. Wir hatten die hässliche Deckenlampe des leeren Zimmers ausgeschaltet und draußen schimmerte der Schnee, der aus einem vollständig statischen Himmel herabkleckerte, im Halbschatten der einzelnen Glühbirne in der Zufahrt wie blaue Zuckerwatte. Wir vögelten zweimal, leise, ohne aber etwas zu verbergen, und Deannas drei Schreie drangen hinauf und durch die Decke und Dielen, während Arfy sich kleinlaut in der Ecke auf einem Kissen zusammenrollte, als klar war, dass ihr niemand Beachtung schenken würde.

Danach kroch ich hinaus. Meine Mutter und mein Vater hatten sich nach oben zurückgezogen. Deanna und ich gingen auf die Toilette und dann suchte ich ein paar Tupperware-Behälter für zukünftige Anlässe dieser Art zusammen. Ich klaubte außerdem etwas zu essen zusammen, darunter eine mit Frischhaltefolie abgedeckte Platte, die ich im Kühlschrank entdeckte, voller dreieckiger Sandwiches: mit Hühnersalat, Frischkäse und Gurke, ohne Rinde und ordentlich gepfeffert und gesalzen, genauso wie wir es mochten. Ich räumte außerdem die Stereoanlage aus dem Arbeitszimmer in das leere Zimmer. Gut war sie nicht, aber gut genug für Deannas selbstgemachte Kassetten.

Charlotte kam und pochte an unser Fenster, eingeweiht durch unsere Schuhabdrücke im Schnee oder das flackernde Kerzenlicht. In ein Bettlaken gewickelt schob ich den Fensterrahmen hoch. Arfy tat laut wehmütiges Entzücken kund, schnupperte in Richtung des geöffneten Fensters, und Charlotte winkte zum Abschied welchem Freund auch immer, der sie nach Hause gebracht hatte. Scheinwerfer drehten ab in die Nacht.

»Wie spät ist es überhaupt?«, fragte ich.

Charlotte zuckte die Schultern. »Vier, fünf, keine Ahnung. Ist das Pisse?« Sie meinte das gelbe Prassel-Muster, das den Schnee hinter ihr färbte. Ich nickte. »Krank«, sagte sie anerkennend.

»Kletter rein.«

Das leere Zimmer lief, gerade weil es eine Tabula rasa darstellte, zu jedem Zeitpunkt Gefahr, vollständig korrumpiert zu werden, etwas, das wir bislang in kindlicher Gutgläubigkeit übersehen hatten. Im Schneidersitz in Betttücher gehüllt um eine Platte mit dreieckigen Sandwiches zu sitzen, der Aschenbecher und die flackernde Kerze, dessen Schein das Durcheinander an Kissen und Bettdecke wie eine blasse rosafarbene Bergkette aussehen ließ, all das erinnerte womöglich an eine Kultstätte amerikanischer Ureinwohner oder haitianischer Voodoo-Priester. Nichts von diesem Szenario hätte in einem Wohnheimzimmer irgendetwas bedeutet. Hier: Revolution.

»Was ist das?«, fragte Charlotte.

Deanna verstand die Frage. »Sie heißen Echo and the Bunnymen. Grad läuft ›The Killing Moon‹. Ist so ziemlich ihr bestes Lied.«

»Ihr habt Moms Sandwiches? Das ist abgefahren.« Charlotte nahm den Joint, den Deanna ihr hinhielt. Arfy krabbelte ihr auf den Schoß.

»Hier ist es sicher, falls du irgendwas aus deinem Zimmer holen willst.«

»Ihr beiden wollt rummachen, oder? Träumt weiter, es sei denn, ihr wollt euch aus den Laken eine Art Zelt bauen. Denn ich werde auf keinen Fall vor euch hier rausgehen.«

»Du musst nicht gehen«, sagte Deanna. »Rumgemacht haben wir schon.«

Meine Schwester hob die Hand. »Genug davon.«

»Sie sind oben«, sagte ich.

»Na dann, Glückwunsch zu einer einzigartigen Leistung«, sagte Charlotte mit einem nachdrücklichen Sarkasmus, der sich von der Art meines Vaters ableitete, egal wie sehr sie es gehasst hätte, das zu realisieren. »Sie sind seit einem Jahr nicht mehr gleichzeitig oben gewesen.«

»Wenn wir die Musik laufen lassen, musst du dir, glaub ich, keine Sorgen machen, dass sie runterkommen.«

»Worauf willst du hinaus?«

Ich machte eine Handbewegung, die das leere Zimmer vollständig einschloss, ein Labor unter Vakuum.

»Hast du dir je überlegt«, fragte ich meine Schwester, »wie viel Zeug wir hier reinkriegen würden, wenn wir wollten?«

DIE TRÄUMENDE JAW, DAS SPEICHELNDE OHR

Ich glaube, ich sollte meinen Blog nicht mehr besuchen. Es ist nicht so sehr der Geruch, der mich abhält – Möwen haben den Leichnam im Eingang skelettiert und der züngelnde Gezeitenstrom hat die Dielen mit Salzwasser klargespült, wo sie einst vom Blut des Eindringlings verkrustet waren, zähdick wie Trockenobst –, sondern vielmehr ein ganz bestimmter hartnäckiger Erinnerungsmief. Der Gestank meiner Enttäuschung, jener Gestank, den das Meeressalz niemals wird hinfortspülen können.

¶

Ich beobachte meinen Blog aus der Entfernung von der Strandpromenade aus durch ein Fernglas, gehe aber niemals näher heran. Möwen kreisen über dem Eingang meines Blogs, Aasgeier über meiner Jagdbeute, genauso wie oberhalb der splitterigen Planken der Promenade, wo sie sich an den fettigen Papiertüten gütlich tun, die, wenn eine Möwe denn Glück hat, ein paar übriggebliebene Leckerbissen in Form klumpiger Hotdog-Brötchen oder ein letztes dunkles verschmähtes Pommesstückchen enthalten, ähnlich dem verdorrten Finger einer Hexe. Soll die Welt ruhig glauben, ich schaute Richtung Horizont. Es ist auch eine Art Horizont, in dessen Richtung ich schaue, ein innerer-jetzt-äußerer Fluchtpunkt, ein Ort, wohin sich das Gefühl hinauswagt, um dort auf die Sprache zu treffen, und dann angefallen und verletzt wird.

¶

Ich werde Demjenigenwelchen nicht verzeihen. Das würde er mir nicht verzeihen.

¶

Ich dachte, ich würde justiny schließlich zu sehen bekommen, aber das Vögelchen ist fortgeflogen. Das, was ich mir selbst nicht zu fragen gestatte: Waren sie nicht zwei, sondern eins? Hat Derjenigewelcher so getan, als sei er justiny? Oder hat justiny so getan, als sei sie Derjenigewelcher?

¶

Er war es, den ich tötete. Er ist nicht namenlos. Er hat einen Namen, selbst wenn er unangemessen, falsch und erfunden ist. Der Mann, den ich tötete, war Derjenigewelcher. Derjenigewelcher war es, der in meinen Blog einzudringen versucht hat, und es war Derjenigewelcher, den ich habe außen vor halten wollen, und Derjenigewelcher, den ich mit einem einzigen unerbittlichen Hieb mit der Unverblümter-Kommentar-Keule außer Gefecht setzte, die ich versteckt bei mir getragen hatte und mit der ich, sie so fest umklammernd, dass meine Knöchel weiß wurden, im Eingang meines Blogs auf der Lauer lag. Es war Derjenigewelcher, den ich mit meiner Vokal-Amputation so fertig machen wollte, dass er nur noch würde stammeln können, er war es, den ich ruiniert und entsprachlicht sehen wollte, er war es, der den Brunnen vergiftet und die Gans mit den goldenen Eiern gestohlen hatte, er war es, der niemals Ruhe gab und nie Ruhe gegeben hätte, ich sage dir, es war nie jemand anderes als Derjenigewelcher.

¶

Ein Mann versuchte in meinen Blog einzudringen. Ich tötete ihn dort am Eingang. Damit du verstehst, müsste ich ganz zu den Anfängen zurückgehen, aber das ist unmöglich. Ich versuche nicht, irgendetwas zu verbergen, das schwöre ich.

¶

Ich hätte nie irgendjemanden beschützen können. Ich weiß gar nicht, wen oder was ich eigentlich zu beschützen versuchte. Seit dem Tag, an dem ich den namenlosen Mann getötet habe, hat sich niemand dem Blog auch nur ansatzweise genähert, keine Anzeichen von justiny, keine verloschene Sarsaparilla-Duftkerze, kein Kräuter-Hustenbonbon-Papierchen. justiny ist fort, falls er oder sie überhaupt je hier gewohnt hat. justiny hatte, wie ich jetzt glaube, vor mir genauso viel Angst wie sie/er sich vor diesem bösartigen Anderen fürchtete, dem Mann, den ich getötet habe. Werde ich ungestraft davonkommen? Mittlerweile glaube ich das. Mein Blog ist ein Ort, der auf keiner Karte verzeichnet ist, in keinem Bezirk zugelassen, er wird von keiner Miliz patrouilliert. Seine Bewohner sind stets die einzige Autorität gewesen. Wir drei, wenn es denn je drei waren. Oder zwei. Nun fort.

¶

Ein Mann hat vergangene Nacht versucht, in meinen Blog einzudringen. Ich habe ihn am Eingang mit einem Hieb vor den Schädel getötet. Als ich meinen Knüppel hochhievte und auf seinen grunzenden, kürbisdicken Schädel niedersausen ließ, merkte ich an der Wucht des Schlages, dass er tot war, und so warf ich das hirngeschmälzte Utensil in die Finsternis dort und rannte die Treppe hinauf und verkroch mich in einer Ecke ganz weit oben in meinem Blog, voll Trauer und Entsetzen, nicht so sehr darüber, was ich dem Mann, den ich getötet habe, angetan hatte, dieser vermodernden Kalebasse voll des Bösen, sondern darüber, was ich mir selbst und meinem einsamen Königreich hier angetan hatte, meinem elegant ausgeklügelten und unersetzlichen Schanzwerk, nun besudelt von der Reue des Rächers. Aber es war getan. Nun ist er still. Ich werde an seinem Leichnam dort im Eingang vorbeimüssen, sollte ich denn gehen, an der mundtot gemachten schwarzen Gestalt, zusammengesackt im Dunkel zwischen Wand und Fußboden, wo seine dummen schwarzen Beine die Türschwelle versperren. Ich habe keine Angst.

¶

Ich warte im Dunkel, zusammengekauert wie ein Tier jetzt, dabei bin ich wegen eines Tieres hergekommen, eines Tieres, das ich eliminieren und ausmerzen will, und um dies zu tun, musste ich mich selbst in ein Tier verwandeln. Die Zeit der Empfindsamkeit ist vorbei.

JAW SCHON WENN ICH DICH VON FERNE SEH
TUN MIR DIE AUGEN WEH
ICH WÜRD MICH VERPISSEN
KEINER WIRD DICH VERMISSEN
EWIG DEIN DERJENIGEWELCHER

¶

was geht hier vor sich jaw ich hab so angst und dreh durch das ist nicht mehr lustig warum macht derjenigewelcher das und ist er überhaupt der der er angeblich ist???? gibt zeiten wo ich nichts und niemandem mehr traue sogar mir selbst nicht justiny

¶

Ich habe mich in einem der oberen Räume versteckt. In der Hand halte ich ein Werkzeug, eine geharnischte Replik, die meiner Entrüstung über die Taten Desjenigenwelchen in Gewicht und Form exakt entspricht. Mein Blog darf nicht zerstört werden. Ich werde ihn verteidigen, ich werde ihn mit meinem Leben verteidigen. Nach einem Grund brauche ich nicht zu suchen, es ist meine liebe kleine justiny, von der ich keinerlei Anzeichen sehe. Ich vermute, das arme Geschöpf, sie oder er, hat sich irgendwo in einem Schrank verbarrikadiert und kaut mit vor Angst vor den Verwüstungen Desjenigenwelchen klappernden Zähnen an alten Crackern oder Fingernägeln, um erst wieder hervorgekrochen zu kommen, wenn die Niedertracht gesühnt ist. Es muss dafür gesorgt werden, dass die Räumlichkeiten meines Blogs jenen wieder Sicherheit bieten, die hergekommen sind, um Trost zu finden.

¶

ach jaw du hättst sehen solln wie er als du nich da warst über den ort hier geherrscht hat allen den kopf verdreht indem er sich für dich ausgab und meinte wenn ich jaw bin du mein kaugummi bist mein popcorn der dreck in meinen hinteren backenzähnen und bloß warten sollst du ich werd dich mit zahnseide rausholn bääähhh ekelig jaw er is so ein proll kannst du nicht was unternehm händeringend gezeichnet deine justiny

¶

Weitere zerstörte Räume, unerträglich das in diesem Logbuch auch nur irgendwie zu konkretisieren – es sind so viele jetzt, nachtschwarze Kammern meiner Seele, auf ewig versiegelt.

¶

Ich habe zu nah am Wasser gebaut. Die salzige Luft zersetzt das intarsierte Rosenholzfurnier. Und bei Neumond leckt der Gezeitenstrom an meiner Tür. In manchen Nächten sitze ich im Salon meines tristen verheerten Blogs und denke, alles sei bloß eine Kostümprobe, ein Trockenlauf gewesen. Dass ich woanders einen anderen Blog aufbauen werde und seine Nähte robuster machen, ihn wappnen werde und damit mich selbst gegen die Welt. Aber diesen hier jetzt zu verlassen, würde einen Verrat an justiny bedeuten. Das rede ich mir ein, obgleich ich höre, wie die Wellen sich brechen, viel näher als ich es je wollte, die Wellen, die so etwas darstellen wie den Puls des Hasses, der hinter meiner Stirn pocht.

MISS JAW DU
RUNDRUM ELEFANTÖSE
WARUM SCHIEBST DU NICHT AB RICHTUNG KNOCHEN-ACKER –
OHNE VIEL GETÖSE
DER EHRENWERTE DERJENIGEWELCHER

¶

Wir koexistieren, unsichtbar füreinander, vollführen einen beklommenen blinden Reigen innerhalb der nachsichtigen Architektur meines Blogs. Hier entdeckte ich Beweisstücke von justinys bescheidenem Feldlager: einen ausgedrückten Teebeutel, ordentlich in eine Papierserviette gewickelt, ein Glas mit einem welken Gänseblümchen, verstreute Hautschuppen, den schwachen Geruch nach Zitronenverbene oder Kamille. Dort betrete ich entsetzt Räume entderjenigewelchert: zur Verhöhnung durcheinandergebracht oder demoliert, die Möbel allesamt kopfüber unter die Decke geklebt wie bei einem Oberschuljux, Folianten, deren Seiten ausgerissen oder Buchrücken verdrillt wurden, ein Kothaufen, der sich in einem Aschenbecher kringelt. Einmal fand ich einen Salon vor, aus dem alle Schätze und Nippsachen entfernt worden waren, ersetzt durch Papierschnipsel, die am Boden flatterten wie Glückskeks-Zettelchen und auf denen jeweils die Bezeichnung eines der verschwundenen Gegenstände geschrieben stand: Rattan-Zweisitzer, Messing-Vogelkäfig, Krocket-Set und so weiter. Ich absolviere meine Runde mit betrübter Gewissenhaftigkeit, bestelle nach, was nachbestellt werden kann, und versiegele ansonsten Quadranten, wenn nötig. In bestimmten Momenten rede ich mir zu, eine bewundernswerte Stasis erreicht zu haben: Mein Blog existiert weiterhin, passt sich an, erlangt durch seine User Welthaltigkeit. In anderen Augenblicken habe ich wiederum das Gefühl, wir drei würden einander stalken: dass Jäger und Beute bei mir untergekrochen sind, während meine eigene Rolle nach wie vor unklar ist. In diesen Momenten meine ich, den Blog ticken zu hören wie eine Bombe.

¶

o jaw lass uns bloß nie wieder einfach so allein du hast mir einen riesenschrecken eingejagt ich bin total am zittern begreifst du nicht dass du jetzt veramtliche ortung hast speziell mir gegenüber dein größter fan justiny

¶

Ich befand, ich sollte mir eine Woche freinehmen von meinem Blog, um mich vom Ort der Schöpfung zu absentieren und so den dort behausten Einwohnern die Möglichkeit zur Selbstregulierung zu geben. Ich habe eine egalitäre Sphäre geschaffen, mit einer ihr eigenen Sozialökologie, und die würde sich selbst ins Gleichgewicht bringen, da war ich sicher. Als ich zurückkehrte, sah ich, dass jemand das Gästebuch in Brand gesteckt hatte, genauso wie den Bibelständer aus poliertem Ebenholz, auf dem es gelegen hatte. Das Feuer versengte die Decke mit ihrem Rankenwerkstuck, während Ruß und Asche des Scheiterhaufens selbst eine Art großen Grabstein oder Epitaph bildeten, ähnlich wie die Überreste eines verbrannten Ku-Klux-Klan-Kreuzes oder das schreckliche Skelett eines Lynchbaums. Ich brachte es nicht übers Herz, den Schaden zu reparieren, und versiegelte stattdessen den Alkoven, wo Gästebuch und Bibelständer gestanden hatten, und auch jetzt noch, obwohl es in dem Blog zahllose Räume gibt und niemand eine kleine Nische oder einen Alkoven vermissen würde, habe ich das Gefühl, als fehle mir ein Körperglied, als sei mir diese Tilgung von bösen Kräften aufgezwungen worden, als hätte ich einen ersten Todesstoß einstecken müssen.

MISS JAW DICH FINDEN JA VIELE TOLL
ABER FÜR MICH WARST DU SCHON OUT
BEVOR WEISSER HAI AUCH NUR IN WAR
LOS GEH KREPIEREN
AUF ALLEN VIEREN
DERJENIGEWELCHER

¶

liebe jaw bleib stark lass dich von den hatern nicht runterziehen dein blog ist ein superblog mit zwei katzen im garten alles ist jetzt so entspannt weil du auch versuchst dir einen ort auszudenken wo es immer sicher und warm ist komm rein meintest du ich werde dir zuflucht bieten vor dem sturm xo justiny

¶

Ein Entschöpfer, ein Schandvogel-Greif, ein Profanierungspopanz – woher die Schwierigkeiten das passende Wort zu finden? – hat die geweihten Flure meines Allerheiligsten geschändet. Ich entdeckte seine Worte in triefend roten fetten Großbuchstaben in Graffitischrift, unabwischbar, dick und quer über die rauen Terrakotta-Fliesen geschmiert:

MISS JAW
WÜRMER LIEBEN FEUCHTEN BODEN
DU GEHST MIR ZIEMLICH AUF DIE HODEN
DERJENIGEWELCHER

Ich werde mich damit bescheiden, mir vorzustellen, wie sich eine solche Seele unter den eigenen Qualen windet, und dem Verleumder nicht einmal die Ehre eines Tadels zuteilwerden lassen. Er wird weitergezogen sein, versichere ich mir selbst. Hinfortgewatschelt sein, um auf etwas herumzuhacken, was von ähnlich niedrigem Wuchs ist wie er selbst. Und doch sehe ich sein kleines Haiku wie mit Neonbuchstaben inwendig auf meine Lider gedruckt, wenn ich die Augen zum Schlafen schließe.

¶

Eines Tages wird die Welt einen Highway bauen mit einer Überführung, von der es über einen kleeblattförmigen Verkehrsknotenpunk zu einem Zubringer und schließlich zu einem Parkplatz gehen wird, voller Touristenbusse mit Besuchern, die es kaum erwarten können und die angereist sind, um sich den Massen anzuschließen, die Stunde um Stunde, Süßigkeiten von der Snackbar in Händen, staunend durch die Gänge meines Blogs wandeln, um dann gemeinsam mit Heerscharen befriedigter Liebäugler wieder einzusteigen, Kinkerlitzchen in Händen, Schlüsselringe, Dosenöffner und T-Shirts aus dem Andenkenladen gleich bei den Toiletten unweit des Parkplatzes, aber bis der Tag kommt, lausche ich dem stetigen Pulsen und Rückprall des Meeres und sehe das Mondlicht durch das Oberlicht einfallen und von den polierten Treppengeländern widerscheinen, und ich weiß, auch wenn es nur justiny gibt, egal ob sie oder er allein ist oder für andere steht, die jetzt oder in Zukunft im Verborgenen lauern, es ist mein Werk und es ist gut.

¶

Erster Zuspruch hat mich erreicht. Eine wahre Zaghaftigkeit, ein Fitzelchen Feingefühl, etwas, das auf kleinen Katzenpfoten hineingetappt kam und mich mit Lob beehrt hat. Ein Er oder eine Sie, das wird aus der Verfasserangabe nicht ersichtlich. justiny. *Ich lieeehbe dein blog*, sagte justiny in ihrer Botschaft, ein Gekritzel mit muschel-rosafarbenem Buntstift auf einem zarten Röllchen Stoff, einem Wispern gleich, etwas, das mir, während einem meiner Rundgänge als Eigentümer, auf denen ich Messinggeländer, Marmortürknäufe und dergleichen mehr polierte, auffiel, weil es mir am Schuh klebte, ich hätte es so leicht übersehen. Einen Augenblick lang verspürte ich den Impuls, zurückzuwispern: Mein Blog liebt dich auch, justiny, auf seine Weise. Aber ich glaube, die Liebe meines Blogs ist eher kosmisch oder buddhistisch, eher stoisch und distanziert, statt den Anspruch zu verfolgen, stets zu reagieren. Mein Blog ist für alle Ohren, die womöglich zuhören, und wer weiß, wie viele das wohl sein mögen? Zufällig hat sich justiny zu Wort gemeldet. (Gerade so vernehmbar.)

¶

Obgleich ich mir gelobe, geduldig zu sein, so besuche ich meinen Blog, wie ich merke, doch täglich zehn oder zwölf Mal, ziehe mit meinen hallenden Schritten die Umrisse seiner Großartigkeit nach, mich fragend, wann ich erfahren werde – oder ob ich erfahren werde –, dass eine andere feinfühlige Seele dem hehren Ruf gefolgt ist, der Sirene oder dem Leuchtturm meines Geistes, der den ihren anrief, und an die Türschwelle meines Blog gekommen, eingetreten, umhergestreift ist und bemerkt hat, hier ist sie nicht allein, am Rande des Realen, sondern andere sind vor ihr hergekommen und haben gebloggt, um sich ihrerseits weniger einsam zu fühlen. Aber ich selbst bin nicht einsam. Mir reicht es, den Blog zu haben.

¶

Den elektrischen Blog sing ich!
Ich habe meinem Blog die Form eines Tesserakts gegeben.
Ich habe einen Blog gemacht und er ist gut.
Einen kleinen Blog, aus Lehm und Reisig. Und hab neun Reihen Bohnen, ein Bienenvolk, das brummt. Dort finde ich etwas Frieden, dort tröpfelt Frieden stille und ich hör das Meer ans Ufer plätschern rund um das Pfahlwerk, während ich im Salon meines Blog steh, im Exoskelett seiner Architektur, das Gefühl habe, ganz tief in seinem Herzen zu sein.
Mein Blog ist stets so groß und klein wie mein Begehren.
Ich habe versucht, die Räume meines Blog zu zählen, und ertappte mich dabei, wie ich den gleichen Weg wieder und wieder ging.
Er hat viele Türen und doch gibt es nur einen Weg hinein.
Ich habe versucht, meinen Blog in Öl zu malen, wobei mir die Leinwände ausgingen.
Ich werde meinem Blog folgen, wohin mein Blog mich auch führt.
Ich biete ihn, diesen meinen Blog, der Welt an, aber ich ver-

lange nicht, dass die Welt ihn braucht oder akzeptiert, denn es ist mein ganz ganz persönlicher Blog.

¶

Ich habe meinen Blog stabil gebaut, mit meinen eigenen Händen, habe Stützbalken, Unterzüge und Bodendielen akkurat verbaut, verzogene Oberflächen plangehobelt, Astlöcher übergeschmirgelt, wo es welche gab, und die übergeschmirgelten Astlöcher lasiert, bis ein Blinder nicht mehr hätte sagen können, wo sie waren. Ich habe viele Tage gute Arbeit geleistet, und da steht er nun, mein Blog, am Ufer des salzigen eindringlichen Meeres, nur einen Steinwurf entfernt von dort, wo die tastenden Klauen der Gezeiten ihren höchsten Punkt erreichen und im Sand markieren. Mein Blog wird auf ewig ein Außenposten sein.

¶

Ich hatte eine entzückende Eingebung: ein Blog am Rande des Ozeans, ein Blog am Meer. Ich glaube, ich sollte ihn *Die träumende Jaw, das speichelnde Ohr* nennen.

VEGANER IN DER SCHWEBE

Paul Espeseth, der das Antidepressivum Celexa abgesetzt hatte, machte sich in SeaWorld auf das Schlimmste gefasst. Er fragte sich bloß, welche Form die Katastrophe annehmen würde. Indem er einen Enthüllungsbericht über den Ozean-Themenpark aus dem Kabelfernsehen paraphrasierte, den aber weder er noch sie gesehen hatte, hatte Espseth versucht, sein Veto gegen den Ausflug einzulegen. Doch seine Frau hatte das Argument gleich auf die Matte geschickt: »Die Mädchen sollten die Dinge sehen, die sie lieben, bevor sie ganz von der Welt verschwinden.«

Nun war er also hier. Bei der ersten Etappe ging es offenbar um Flamingos. Nachdem er seine vierjährigen Zwillinge durch das Drehkreuz und an den Andenkenläden vorbeibugsiert hatte, mit den Stoffversionen jener Spezies, denen sie in Fleisch und Blut gegenüberstehen würden, folgte seine Familie dem Leitsystem des Parks und wurde von den Vögeln in Empfang genommen. Ihre rot-schwarzen Ziffernköpfe tanzten auf rosafarbenen, dicht mit Federn bedeckten Stängeln, schwebten über den Köpfen einer Gruppe von Neuankömmlingen.

»Wartet, bis ihr dran seid, Mädchen«, sagte seine Frau. Angesichts dessen aber, dass es keine wirkliche Reihenfolge gab, nahm Espeseth Chloe und Deidre bei der Hand und gemeinsam drängelten sie sich in den Pulk hinein, um einen Blick auf die Vögel zu erhaschen. Seine Frau blieb zurück und passte auf den Zwillingsbuggy mit ihrem Krempel auf. Aus der Nähe sah Espeseth, dass die Vögel auf einer Insel gefangen waren, einem akkurat gemähten Grashügel, umgeben von einem niedrigen Zaun und Schildern, auf denen *Bitte nicht füttern* stand.

»Könnt ihr sie sehen?«, flüsterte er hinab zu den Mädchen, so als handele es sich bei dem Haufen exotischer Vögel um etwas Wildes, gesichtet in der Ferne, einen Schwarm, der aufgeschreckt werden und verschwinden könnte. Tatsächlich aber hatte man ihnen die entscheidenden Flügel gestutzt und sie flugunfähig gemacht, was das Gleiche war, als wenn man einem Gegner die Achillessehne durchtrennte und ihn so zum Krüppel machte. Die Vögel hatten keine Möglichkeit, sich dem Sperrfeuer kreischender Familien zu entziehen, die ihre Jüngsten nah genug heranschoben, um ein Handyfoto machen zu können.

»Ich habe Angst«, sagte Deidre.

»Sie haben auch Angst«, erklärte er ihr. *So wie ich.* Die Flamingos gehörten zu den Dingen, auf die ihn nichts hätte vorbereiten können. Indem er im Vorfeld mit den Mädchen an die hundert Youtube-Videos über Orcas geschaut, Bilder von Orcas aus Zeitschriften ausgeschnitten und seine Kinder zur Schlafenszeit in Betten voll ausgestopfter Orcas geknuddelt hatte, hatte Paul Espeseth seine Seele hart gemacht und in Orca-Bereitschaft versetzt – ihre muskulöse Eindringlichkeit, ihr stummes Drama, die Möglichkeit, dass sie vor aller Augen und von inspirativer Musik begleitet, einem ihrer Neoprenanzug tragenden Trainer Ellbogen oder Hals amputieren könnten. Aber die Designer des Parks hatten ihn gelinkt, hatten ihn mit

Flamingos besänftigt, wie mit einer lockeren Runde Zigarettenausdrücken auf dem Brustkorb, bevor man zum Waterboarding überging.

Die Mädchen fassten sich ein Herz und drängelten sich ganz nach vorn, gaben dann aber wieder klein bei und wurden von anderen ungeduldigen, sozial benachteiligten Kindern verdrängt. Den Vögeln musste es so vorkommen, als ebbe die Flutwelle blühend psychotischer Gesichter niemals ab.

Im Kontext ihrer Spezies hatten diese Flamingos etwas von Weltraumfahrern, die mit Geschichten zurückkehren würden, für die es keine Worte gab. Bloß, dass sie niemals zurückkehren würden. Man hätte die Vögel genauso gut in Tiefseetaucherkugeln stecken und sie den Orcas vorstellen können, oder aber ihre Nahrung mit LSD versetzen.

»Gehen wir«, sagte er und zog die Zwillinge fort. Ihre Patschehändchen hatten zu schwitzen begonnen, oder er war es, der begonnen hatte sie vollzuschwitzen. »Es gibt noch eine Menge … anderes.«

»Die Killerwal-Show!«, kreischten die Mädchen. Dafür waren sie hergekommen.

»Die Show beginnt um elf«, erklärte er. »Wir haben noch etwas Zeit. Und auf dem Weg dorthin gibt's noch andere Sachen. Haie.« Er hatte den Hintersinn des Geländeplans auf den ersten Blick durchschaut: von dort, wo man abgeworfen wurde, gelangte man nicht zum Shamu Stadium, ohne zunächst andere Attraktionen passieren zu müssen. Er schlug den Weg in Richtung der Haie und Riesenschildkröten ein, wenn auch nur als Schachzug, um die Sesame Street of Play und eine Achterbahn namens Manta zu umgehen. Er hatte Prinzipien. SeaWorld sollte dem gerecht werden, was der Name versprach: unheimliche Begegnungen mit der Unterwasserfauna bieten, nicht mit Vögeln, Elmo, genauso wenig wie mit Prinzessin Leia oder Cap'n Crunch. Aber während sie so die Pfade entlangliefen, hatte er hier trotzdem nicht das Gefühl, das Kommando darüber zu haben, wohin seine Familie steuerte, sondern fühlte sich in Muster fachmännisch prognostizierter Reaktionen und Verhaltensweisen gepresst, auch was die fälligen Aufwendungen in Form von Schweiß, guter Laune und anderer Währungen betraf, sowohl aus seiner Brieftasche als auch seiner Seele. Er war hilflos wie eine Flipperkugel, die in einem dieser Tischgeräte herumflog. Nicht in einem dieser einfachen, langsam verfallenden Apparate, die er aus den Spielhallen im Minneapolis der Siebziger kannte, sondern in einem dieser wütenden, pulsierenden Neunzigerjahre-Flipper, deren halbes Dutzend Neonhebel auf sein Gehirn eindroschen.

Auf ein weiteres Legoland-Wunder zu hoffen, erschien ihm nicht realistisch. Zwei Monate zuvor hatten sich Espeseth, seine Frau und die Zwillingstöchter nach Süden aufgemacht und Legoland besucht. Legoland war erträglich gewesen. Es war abwechslungsreich und gut strukturiert gewesen und hatte Nervenkitzel geboten. Es gab auch dort ein paar schlimme Bereiche, einschließlich, ganz vorneweg, der fingierten Hauptstadt namens Fun Town, aber andere waren in Ordnung, mehr als in Ordnung, etwa der Pulk von Restaurants auf dem Castle Hill. Dort war es ihm gelungen, während die Zwillinge sich mit der Königin fotografieren ließen und in Sätteln von ritterlichen Lego-Turnierpferden saßen, die auf Bahnschienen montiert waren, sich davonzustehlen und bei Castle Ice Cream einen doppelten Espresso zu ergattern. Das war etwas gewesen. Mit seinem Espresso in einer schattigen Ecke des Burginnenhofs verborgen, hatte er seinen Töchtern schweigend zugeprostet, während sie hintereinander her den Parcours abfuhren. Legoland trug also die Schuld, nahm er an: Dessen Erträglichkeit hatte dazu geführt, dass er bei SeaWorld zu schnell eingewilligt hatte, und es wäre selbst mit Celexa, wie ihm nun klar wurde, eine völlig andere Angelegenheit gewesen.

Sein Psychiater, Irving Renker, hatte ihn vor den Auswirkungen auf sein Gehirn gewarnt, wenn er das Celexa ausschlich. Zum Zeitpunkt des Gesprächs hatte Espeseth das Mittel erst seit zwei Tagen nicht mehr genommen. Er hörte unter Renkers Anleitung damit auf, ganz nach Vorschrift. »Machen Sie sich darauf gefasst«, erklärte ihm Renker. »Sie werden möglicherweise Penner und Taschendiebe sehen.«

»Sehen, im Sinne von halluzinieren?«

»Nein«, sagte Renker. »Halluzinieren werden Sie nicht. Ich meine *sehen* im Sinne von *bemerken*. Sie werden womöglich im überdurchschnittlichen Maße Penner und Taschendiebe bemerken. Irgendwelche fiesen Typen. Perverslinge. Sogar Amputierte.«

Irving Renker war ein New Yorker Jude, der seinem Archetyp entfleucht war wie ein Hummer seiner Schale, also noch immer in die unerbittliche Form dieser Schale hineinpasste, gleichzeitig jedoch wie frisch geschlüpft, roh und staunend in der Weltgeschichte herumlief. Renker legte großen Wert auf Sport, und man traf ihn in den Hügeln von Santa Barbara an, wo er mit seinem Fahrrad herumkurvte, mit Helm, Sonnenbrille und einem bürotauglichen Pullover, blauer Hose und lederbesohlten Schuhen. Weiter unten in der Stadt hatte Espeseth ihn noch nie gesehen, geschweige denn in Strandnähe. Er vermutete, dass Renkers Frau alle Einkäufe erledigte. Renkers Büro befand sich in einer Einliegerwohnung, eingebettet in die mit Buschwerk bewachsenen Hügel hinter seinem Haus, das aufgrund des abschüssigen Geländes auf Stelzen stand. Die Vorhänge vor Renkers Fenster waren stets zugezogen, um neugierige Blicke abzuwehren. Verbarg sich hier eine geheime Klause jüdischer Intellektueller mit vollgestellten Bücherregalen, sigmundschen Fetischmasken und flippigen, nicht mehr enträucherbaren Perserteppichen? Unmöglich zu bestimmen. Das Gesprächszimmer war nichtssagend: gerahmte, abstrakte Aquarelle, beige Sitzmöbel und eine Uhr aus Messing.

Im Gespräch verwendete Renker neben den Wendungen »Warum kompliziert, wenn's auch einfach geht?« und »Nicht den Kopf zerbrechen!«, zudem häufig Begriffe wie »die Schwarzen«, »Orientale«, »behumpsen« und »Penner«. Einmal, als Espeseth ausgiebig in Erinnerungen geschwelgt hatte, wie er während eines Angelausflugs mit seinen drei Brüdern gemeinsam auf dem Vordersitz des väterlichen Pick-ups gesessen hatte, hatte Renker gemurmelt: »Ja, ja, nennt man für gewöhnlich ›Tortilla-Kutsche‹.«

Aber Espeseth konfrontierte oder verbesserte seinen Psychiater nie. Stattdessen bot er höflich Beispiele für angemessene Wortwahl an, in diesem Fall, indem er entgegnete: »Bedeutet das, dass das Celexa mich, was, gegenüber wohnungslosen Menschen blind gemacht hat? Oder die Wahrscheinlichkeit erhöht hat, ausgeraubt zu werden?«

»Es ist eine Frage des Augenmerks«, sagte Renker. »Sie werden womöglich eher dazu neigen, die Arschgeigen zu bemerken, statt derjenigen, die rechts und links davon stehen. Und ohne suggerieren zu wollen, sie würden paranoid werden, so kann es dennoch sein, dass sie Arschgeigentum auch auf normale Menschen projizieren.« Dass sein Psychiater an »normale Menschen« glaubte, war, je länger Espeseth darüber nachdachte, ein schlechtes Zeichen. Er selbst versuchte, das nicht zu tun. Was er aber nicht abzuschütteln vermochte, war das, was Renker als Nächstes sagte: »Den Celaxa-Entzug haben einige Patienten so beschrieben, dass sich an den Rändern des Alltags kriechend eine Atmosphäre der Fäulnis oder Verwesung oder Bedrohung bemerkbar mache, etwas, das nur sie genau bestimmen könnten. Einer meiner Kollegen hat das als ›Made-im-Fleisch-Syndrom‹ klassifiziert. Besser man ist drauf gefasst, als dass es einen einfach überkommt.«

Made-im-Fleisch-Syndrom?

Niemand, Psychiater Renker nicht, Espeseths Frau nicht und ganz sicher nicht die Zwillinge, kein menschlicher Zuhörer außerhalb des Containment-Bereichs seines Schädels, wusste, dass Paul Espeseth sich selbst in »Veganer in der Schwebe« umbenannt hatte. Der Geheimname war ein Symptom, sollte man ihn denn als ein solches erachten, das sich bereits Monate bevor er die Einnahme des Celexa einstellte, bemerkbar gemacht hatte. Konnte man ihn als Nebenwirkung bezeichnen? Er hatte gehofft, er würde verschwinden, wenn er das Medikament absetzte. Schön wär's gewesen. Aber Veganer in der Schwebe empfand nicht ausschließlich Bedauern. Der neue Name war eine Kränkung, ja, gleichzeitig aber hing er auch daran, lag darin doch auch das Versprechen eines erhabeneren Lebens, das knapp außer Reichweite lag.

Wie hatte das mit seinen Nachforschungen begonnen? Espeseth hatte sich, als das noch sein einziger Name gewesen war, in der öffentlichen Bibliothek von Santa Barbara eine populärwissenschaftliche Abhandlung entliehen über den irreparablen Kollaps der Erde unter der Last der eigenen Bevölkerung. Danach hatte er verschiedene bekannte Polemiken gegen die Tierquälerei auf Farmen und in Schlachthöfen gelesen. Dann ein Buch mit dem Titel *Fear of the Animal Planet*, in dem detailliert viehische Racheakte an der menschlichen Zivilisation beschrieben wurden. Das war der Zeitpunkt gewesen, als Espeseth gespürt hatte, wie er zu Veganer in der Schwebe wurde. Ein Bewusstsein war in ihm geweckt worden, dessen Entfaltung lediglich untätiges Verharren, Scham und Anpassung verlangsamen konnten. Glücklicherweise oder unglücklicherweise besaß Veganer in der Schwebe große Affinität zu diesen Verzögerung bewirkenden Maßnahmen.

Das große Problem würde ohnehin sein, seinen Töchtern die Entscheidung zu erklären. Veganer in der Schwebe bewunderte Chloes und Deidres Gabe, zwischen ihrer angeborenen Tierliebe und den Wonnen des Fleischverzehrs vermitteln zu können. Für ihn war es eher eine hart erkämpfte Differenziertheit, die F. Scott Fitzgeralds Fähigkeit glich, gleichzeitig zwei gegensätzliche Ideen bedenken zu können. Die frühen *Rites des Passages* der Mädchen schienen überhaupt hauptsächlich aus Anstrengungen zu bestehen, solcherlei Paradoxien aufzulösen. Wie jene etwa, dass Mommy und Daddy sich stritten und einander doch lieb hatten. Dass menschliche Wesen wunderbar waren und man die eigene Schüchternheit überwinden sollte, man aber gleichzeitig dem allzu eifrigen Fremden misstrauen und ihn für ein potentielles Monster halten sollte. Dass eine Stunde Fernsehen oder iPad-Nutzung als vergiftende Überdosis gelten sollte, während die Eltern sich doch bei jeder Gelegenheit Bildschirmexzessen hingaben. Veganer in der Schwebe selbst verbrachte routinemäßig drei Stunden auf dem Sofa und verfolgte im Fernsehen, wie sein Footballteam verlor. Die Vikings, Talisman seiner Ahnen. Doch anders als bei den Redskins und den Chiefs, waren Name oder Logo nie als rassistisch kritisiert worden. Niemand hatte Mitleid mit Weißen, was seine Faszination für Juden erklären mochte, die beidem ausgesetzt zu sein schienen. Hätte Irving Renker den Gedanken von Veganer in der Schwebe lauschen können, hätte er gekichert. *Nicht abschweifen.*

Bei der Zivilisierung von Kindern ging es im Wesentlichen doch ohnehin bloß darum, kognitive Dissonanz herzustellen. Das Vermögen seiner Töchter, das Verlangen sowohl Säugetiere zu knuddeln als auch zu verspeisen miteinander vereinbaren zu können, ermöglichte es ihnen nämlich erst, sich in das menschliche Historienspiel einzureihen. Wenn Veganer in der Schwebe ihnen gegenüber nun zugab, dass er es für falsch hielt Tiere zu essen – auch wenn er noch immer nach dem intensiven Geschmack rauchiger Steaks und salzig-fettigen Specks gierte – würde er sich, in ihren Augen, mit diesem kindlich-moralischen Absolutismus selbst herabsetzen. Oder vielleicht sogar in den eigenen Augen? Seit sechs Monaten hing er nun in der Schwebe. Irgendein jenseitiger Inquisitor, eine Wache vor der Himmelspforte mit dem Kopf eines Ferkels oder Kalbs höchstwahrscheinlich, würde ihn dereinst für diese Verzögerung zur Rechenschaft ziehen, die durchaus mit der Phase vergleichbar war, als die Alliierten zwar bereits von der Existenz der Todeslager erfahren hatten, ihre moralische Empörung aber noch mit militärtaktischen Erwägungen abglichen. Seine Essgewohnheiten oder andere Verhaltensweisen betreffend, hatte sich nämlich rein gar nichts verändert. Er hatte weder Pamphlete verteilt noch sich einen Aufkleber für die Stoßstange besorgt. Nichts hatte sich verändert, außer dass er sich einen Geheimnamen gegeben hatte.

Glühend vor Scham dirigierte er seine Familie in die Welt der Haie, schleppte sich hinter anderen Familien mit ihren Buggys auf einen Fahrsteig. Die Passage, ein weiteres Beispiel der Zwangsarchitektur, lief als Tunnel unter den Haifischbecken hindurch, illuminierte die Kreaturen von unten, um ihre weißen Bäuche und Kürbiskopfgrimassen besser zur Geltung zu bringen. Es kam ihm plötzlich der Gedanke, dass die Bauweise des Parks etwas von einem Verdauungssystem hatte. Man wurde verschlungen, verdaut und wieder ausgeschissen.

»Ich habe Angst«, sagte Deidre.

»Aber ich nicht«, sagte Chloe.

Für die Haie zu sprechen, maßte sich Veganer in der Schwebe nicht an. Stattdessen deutete er auf das Schimmern vor ihnen, während der Fahrsteig sie wieder aus der Dunkelheit herausdrückte.

»Daddy?«, sagte Chloe.

»Ja?«

»Waren Delfine und Killerwale echt mal Haustiere bei den Menschen, bevor sie zurück ins Meer gegangen sind?«

»Keine Haustiere«, sagte Veganer in der Schwebe. »Wilde Tiere. Wie Schweine.« Er erbebte angesichts der wachsenden Verwirrung: für die Kinder waren Schweine ja Tiere von der Farm. Just an diesem Morgen hatte er heimlich in einem Blog namens *Der Ruf der Ungezähmten* gelesen. Die Grade der Unterjochung wurden dort folgendermaßen unterschieden: Haustier, domestiziert, ungezähmt, wild …

»Wieso dürfen wir kein Haustier haben?«, fragte Chloe.

Seine Frau wandte sich Veganer in der Schwebe zu. Er wich ihrem Blick aus, spürte ihn aber dennoch.

»Euer Vater mag Haustiere nicht«, sagte sie.

»Nicht mehr lange bis zur Elf-Uhr-Show!«, sagte er, dringend darum bemüht, das Thema zu wechseln. Und damit glitten sie aus dem schlundartigen Gang hinaus ins Tageslicht.

Ganz SeaWorld wand und krümmte sich.

Made-im-Fleisch-Syndrom, die wenig hilfreiche Vorstellung,

die Renker ihm eingepflanzt hatte, war selbst eine Made, die sich nun im Fleisch seines Gehirns wand und krümmte.

Sie hatten einen Jack Russell Terrier gehabt, einen kastrierten zweijährigen Rüden namens Maurice, den sie aus dem Tierheim geholt hatten, einen völlig durchgeknallten Derwisch, in den seine Frau aber völlig vernarrt gewesen war, und er – na ja, Veganer in der Schwebe war ebenfalls in ihn vernarrt gewesen, auch wenn es für ihn eher so gewesen war wie mit einem Rätsel zu leben, hinter das man nicht kam. Maurice bewegte sich mit verblüffender Geschwindigkeit, ging senkrecht in die Luft wie ein illegaler Feuerwerkskörper, war ungemein fordernd und drang in ihre privatesten Lebensbereiche ein. Dann aber – und hier lag der Grund, warum es ihn demütigte, wenn eines der Mädchen das Thema Haustiere überhaupt nur erwähnte, ebenso wie jener, warum der Blick seiner Frau ihm das Blut gefrieren ließ –, nachdem Veganer in der Schwebe beobachtet hatte, wie der Hund sich gegenüber seiner schwangeren Frau verhielt, hatte er Maurice aus ihrer aller Leben verbannt. Der Hund war einfach übertrieben fürsorglich gewesen, geradezu besessen von ihrer Schwangerschaft, hatte sich etwa nachts um ihren Bauch gekringelt, so als wollte er die Zwillinge mittels seiner eigenen Körperhitze ausbrüten. Er hatte sogar begonnen, nach Veganer in der Schwebe zu schnappen, wenn der sich dem eigenen Ehebett näherte. Im Verlaufe des dritten Trimesters hatte er den Hund also zurück ins Tierheim gebracht, und auch wenn das kaum entschuldbar war, womöglich überhaupt nicht entschuldbar, so wurde Maurice nach der Geburt der Babys doch nie wieder erwähnt.

Die Mädchen würden niemals erfahren, dass Maurice sie noch in der Gebärmutter geknuddelt hatte, sollte ihre Mutter ihnen nicht eines Tages davon erzählen. Stattdessen stillten Chloe und

Deidre nun ihre Sehnsucht nach anderen Säugern mit Pixar-Figuren. Auf der Hinfahrt hatten sie an den Bildschirmen geklebt, die in die Kopfstützen der Vordersitze eingelassen waren. Das hatte ihnen die Eintönigkeit der Interstate 5 erspart, die immergleichen Ausfahrten in immer neue Vororte, Lärmschutzwälle und öde vergilbte Hügel. Nahe San Diego zeigte ein Schild die Silhouette einer fliehenden mexikanischen Familie, wie man sie sonst von Elchen oder Rehen kannte, damit man sie auf ihrer illegalen Flucht über die fünf Spuren des Freeways nicht anfuhr. Veganer in der Schwebe empfand es als Segen, keine Erklärung liefern zu müssen.

Familienleben, ein Kataklysmus der Einsamkeiten.

Als kleiner Junge hatte er Reisen auf dem Rücksitz ohne die Hilfe von Filmen überstanden. Stattdessen hatte er während zigtausender Kilometer den Chippewa National Forest hindurch, entlang der Union Pacific Railroad und durch die östlichen Teile Ontarios und Manitobas aus den Fenstern des Familienkombis geschaut. Im Alter von zehn, während seiner Öko-Phase, hatte er sich zum Zeitvertreib ein Spiel ausgedacht, das, wie den neuen Namen, allein er kannte. In seiner Phantasie verfügte das Auto seiner Eltern über ein langes unsichtbares Messer, dem Flügel eines Flugzeugs ähnlich, welches mittels mentaler Instruktionen aus der Seite des Kombis heraus- und wieder hereingefahren werden konnte. Er und seine Eltern gaben bloß vor, Nobodys zu sein, die einzige protestantische Familie aus einer Kleinstadt, die scherzhaft St. Jewish Park genannt wurde. In Wahrheit aber waren sie Sendboten aus einer anderen Welt, geschickt, um die Natur von den Eingriffen der menschlichen Spezies zu befreien. Nur er selbst konnte die Klinge steuern, die herausschoss, um alle Hochspannungsmasten und Straßenschilder abzurasieren, aber immer wieder eingefahren wurde, um so viele Bäume wie möglich zu verschonen. Häuser und andere Autos hingegen durchtrennte sie erbarmungslos. Die Phantasie umfasste sogar ein Alibi stiftendes Element der Verzögerung, was zum einen dafür sorgte, dass er die gloriose Zerstörung, die er anrichtete, selbst nicht zu Gesicht bekam, zum anderen verhinderte, dass keine menschliche Instanz im Stande war, die mysteriöse Kraft zu lokalisieren und zu neutralisieren, die sich durch die Umgebung fraß: Die gekappten Objekte fielen erst fünf Minuten nachdem der Wagen der Familie sie passiert hatte auseinander. Durch diese Methode würde die Welt wieder der Flora und Fauna zurückgegeben.

In letzter Zeit war Veganer in der Schwebe das Bild der unsichtbaren Klinge wieder in den Sinn gekommen. Es stellte sich angesichts irgendeiner architektonischen Abscheulichkeit ein, oder einem mit Werbeschildern verschandelten Straßenrand. SeaWorld hingegen war der Phantasie gegenüber immun. Dieses Labyrinth der Disharmonie in Scheiben zu schneiden, würde ja bedeuten, die darin gefangenen Kreaturen zu meucheln. Der Logik seiner Kindheitsphantasie zufolge, würde die Klinge zwar die Schildkröten, Haie und Delfine aus ihren Becken befreien, die ausströmen würden, nur um dann in der Sonne nach Luft schnappend auf den betonierten Pfaden zu verenden.

Im Shamu Stadium angekommen, bemerkte Veganer in der Schwebe, entgegen Renkers Ankündigung, weder Penner noch Taschendiebe. Sondern Soldaten auf Heimaturlaub. Armeeangehörige zwischen zwei Einsätzen, die mit ihren Familien einen Tagesausflug machten, den unvertrauten kleinen Kindern und stoisch ignorierten Frauen, um sich Killerwale anzuschauen. Zu erkennen waren sie an ihren Kurzhaarschnitten, den Bizepstattoos und dem wachsamen Hin und Her ihrer verdickten Nacken. In ihrer strammen Unerschütterlichkeit erweckten sie den Eindruck, als seien unterschiedlichste Zivilisten-Körper in dieselbe unerbittliche Form gegossen worden. Ethnische Merkmale, bei den Soldaten nunmehr zu Spuren reduziert, waren bei den Frauen und Kindern wesentlich greifbarer – im Renkerschen Termini hauptsächlich Schwarze, Mexikaner und Orientale. Vielleicht gar ein paar Zigeuner hier und dort? Schwer zu sagen. *Immer schön vereinfachen.*

Vielleicht waren es ja die Soldaten, die für das Unglück sorgen würden, vor dem das Nervensystem von Veganer in der Schwebe so gellend warnte. Vor dem inneren Auge sah er aus Hubschraubern aufgenommene Szenen, gelbes Absperrband, zwischen untröstlichen Familien umherschwirrende Sondereinsatzkommandos. Das Stadion war ein Maya-Tempel und man wartete darauf, dass im blauen Bassin unten irgendein Opfer dargebracht wurde. Und doch, obgleich zusammen mit fünftausend anderen eingesperrt, fühlte sich Veganer in der Schwebe für den Moment ruhig. Sollte seine Reise durch die Röhren und Tunnel von SeaWorld tatsächlich etwas Peristaltisches haben, so hatte er nun den gekammerten Magen erreicht.

Und dann, nach der abgeschmackt-triumphierenden Ouvertüre aus Musik, Videobildern und Hopserei in androgynem Spandex, als die Orcas schließlich in die Arena kamen und begannen, ihre Runden zu drehen, wurde SeaWorld durch die absolute und umwerfende Präsenz der Tiere vollständig überschrieben. Sie vollbrachten das Kunststück, zwei Sphären miteinander zu verzahnen, Himmel und Wasser, bloß um ein Stadion voller Kinder zu entzücken – Kinder, die in Reaktion darauf ihrerseits einen Satz machten, auf ihren Sitzen vibrierten und unzusammenhängende Glucksgeräusche von sich gaben, gleichsam in Zungen sprachen. Andere Kinder, älter und weniger ängstlich als seine, rasten hinab zur Kunststoffeinfassung, um sich nassspritzen zu lassen, und ruderten wild mit den Armen. Die Killerwale mit ihren Emmett-Kelly-Augen waren die glorreichen Todesclowns Gottes. Ihre üppigen muskulösen Körper waren das Unverfrorenste, was Veganer in der Schwebe je gesehen hatte. Sie wirkten wie von Albert Speer modifizierte Pandabären. *Immer diese Holocaust-Anspielungen*, hatte Renker einmal gesagt. *Warum überlassen Sie das nicht uns?*

Die Zwillinge saßen zwischen ihm und seiner Frau, hielten einander bei den Händen, die Augen weit aufgerissen, überwältigt von ihrem unbestechlichen Sehnen.

»Deidre hat Angst«, sagte Chloe.

»Hab ich gar nicht«, sagte Deidre. Sie sprach wie im Traum, ohne den Blick vom Becken abzuwenden. Veganer in der Schwebe verlangte es schmerzlich danach, die Mädchen in einer Art schützendem Anbau in Sicherheit zu bringen, der von seiner beschädigten Seele abging. Aber die Mädchen ließen sich nicht in Sicherheit bringen, so wie das Stadion sich nicht in Sicherheit bringen ließ, genauso wenig wie die Welt. Das alles lag ungeschützt unter dem Himmel, welchen Strahlen auch immer ausgesetzt, die durch die geschundene Atmosphäre sickerten. Die Mädchen waren Himmel und Killerwalen ausgeliefert, die durch ihre wehrlosen Herzen sprangen. Außerdem verfügte Veganer in der Schwebe auch gar nicht über einen schützenden Anbau, der von seiner Seele abging. Das war reine Phantasie, genau wie die ein- und ausfahrbare Klinge am Kombi seiner Eltern.

Was würden die Mädchen über Killerwale denken, wenn sie irgendwann einmal die ganze Wahrheit erfuhren? Die Verheerungen der Welt stapelten sich überall und warteten geduldig darauf, von seinen Töchtern beachtet zu werden. Eines Tages würden sie ganz von selbst all die Dokumentarfilme und Webseiten entdecken. *Sie werden womöglich dazu neigen, ihre Kinder zu bemerken,* hätte Renker ihn warnen sollen.

Gleichzeitig, auf der anderen Seite der Zwillinge, ein Mysterium: seine Frau. Die, mit der er einmal so gut wie eins gewesen war. Dann, so als habe er sie angerempelt und zwei Teile herausgebrochen, waren die Zwillinge aufgetaucht. Im letzten Jahr hatte sie etwas Opakes bekommen, so als habe sie ihn freiwillig schonen wollen. Ihre menschliche Silhouette füllte nun etwas aus, das Veganer in der Schwebe im Gespräch mit Renker als »Wolke des Unbekannten« beschrieben hatte. Sie hatte ihn an die Celexa-Odyssee herangeführt und sie mit ihm durchgestanden, was aber kam jetzt? Würde sie nun ihr lange vertagtes Urteil fällen?

Als er aus dem Shamu Stadium heraustrat, hatte Veganer in der Schwebe das Gefühl, dem Urteil seiner Frau standhalten zu können, genauso wie er SeaWorld standhalten konnte und SeaWorld sich selbst. Weder die Veteranen noch die Orcas noch er selbst waren ausgerastet und hatten jemanden zerkaut oder bajonettiert. Wenn die Orca-Show der Höhepunkt gewesen war, der Härtetest, konnten sie dann jetzt nicht gehen? Er sehnte sich nach den trivialen Tröstungen, die das Motel, die Familie auf zwei Doppelzimmer verteilt, bereithielt: Zimmerservice, Club-Sandwiches und noch mehr *Pay-per-view*-Disney.

»Also«, sagte er und klatschte in die Hände. »Sollen wir den Parkplatz suchen?«

»Das sind Tagestickets«, sagte seine Frau. »Rebeccas Mutter meinte, wir sollten auf keinen Fall die Kleintier-Show verpassen.«

»Ich habe Hunger«, sagte er.

»Kleintier-Show, Kleintier-Show!«, skandierten die Mädchen.

»Zu essen gibt es auch hier«, sagte seine Frau spitz. »Und wir sind extra hergefahren und haben für den ganzen Tag bezahlt. Die Mädchen haben Monate gewartet.« Dieses Mal sah sie ihm in die Augen, bevor er den Blick abwenden konnte, und er wurde umhüllt von der Wolke des Unbekannten.

Die nächste Kleintier-Show begann um eins, also parkten sie den Buggy an einem schattigen Platz und Veganer in der Schwebe machte sich auf die Suche nach etwas Essbarem. Er fand eine Pizzeria, aber man musste exorbitant lang auf einen Tisch warten, und sich ins dunkle Innere zu drängeln, und sei es nur, um etwas zum Mitnehmen zu bestellen, konnte er sich ebenfalls nicht vorstellen. An einem Stand vor dem Restaurant grillte ein Mann Truthahnkeulen. Die Schlegel sahen seltsam urzeitlich aus – man war doch hier nicht im Mittelalter! –, aber der Geruch des versengten Fleisches ließ Veganer in der Schwebe geifern.

Essen sehen, Essen essen.

Sea World, Eat World.

Er bereute den Kauf bereits in dem Moment, als er ihn tätigte. Die Schlegel waren Fleischabfall, von irgendeiner industriellen Farm zugunsten des Brust-Produkts entsorgt worden. SeaWorld konnte da genauso gut Pferdehufe oder eingelegte Kuhaugen verkaufen. Dennoch trug er es zurück zum Buggy und kam sich dabei wie Fred Flintstone vor. Von seiner Frau ungläubig angestarrt, riss er Fetzen von dem riesigen knorpeligen Schlegel, um seine Mädchen damit zu füttern wie eine Vogelmutter ihre Neulinge im Nest. Die knusprige Haut löste sich als Ganzes und war, einmal abgetrennt, einfach zu widerlich, um sie nicht direkt wegzuwerfen. Die Mädchen spülten das Fleisch mit Orangensaft herunter. Papierservietten klebten ihnen in Fetzen an Gesicht und Fingern.

Da noch eine Viertelstunde Zeit war, machten sie noch einen Abstecher zu den Fledermausrochen, die man in ihrem Bassin anfassen konnte. Wie bei den Flamingos musste Veganer in der Schwebe die Zwillinge ganz nach vorn schieben, damit sie ihre Hände in das flache, bloß hüfthohe Becken tauchen und die glatten, gummiartigen Rochen darunter hergleiten lassen konnten. Den Mädchen stockte der Atem. So mochte es sich anfühlen, wenn man einen Killerwal berührte. Hier fand sie womöglich endlich statt, die tatsächliche Begegnung, die Sache, wofür sie eigentlich hergekommen waren, und einen Moment lang verschwanden für Veganer in der Schwebe alle Barrieren, waren die Truthahnaugen vergessen, bekam die Hintergrundmusik etwas Erhabenes, so als komme sie aus weit entfernten Sphären.

Das Bassin mit den geschmeidigen Rochen beherbergte aus irgendeinem Grund ebenfalls einen verhornten Stör mit knotigem Gesicht. Ein Schild warnte jene, die die Rochen berührten, nicht zu versuchen, auch den Stör anzufassen. Veganer in der Schwebe hingegen, in seiner Verzückung, versuchte es. In Reaktion darauf sperrte der Stör das Maul auf und schnappte hinauf zu ihm, wo er inmitten so vieler vergnügter Kinder stand, seinen eigenen und anderen. Voller Angst zuckte Veganer in der Schwebe zurück. Der Stör nahm seinen Kurs wieder auf, Made im Fleisch des Rochenbassins.

»Habt ihr das gesehen?«, fragte er seine Töchter und jeden anderen, der vielleicht Zeuge gewesen war.

»Was gesehen?«, sagte Chloe.

»Den Stör! Der hat mich praktisch angekläfft!«

»Daddy«, sagte Chloe zärtlich.

Die Kleintier-Show verfügte über ein eigenes Stadion, eine kleinere Arena, ein paar Tribünen im Wesentlichen, die vor einer Bühne aufgestellt waren, ausgerüstet mit Leitern, Fenstern, Hindernisparcours und gigantischen Plastikskulpturen einer Milchflasche und eines hellroten Turnschuhs. Anders als im Shamu Stadium waren die Sitze hier spärlich besetzt und Veganer in der Schwebe und seine Frau und Kinder fanden in der dritten Reihe Platz. Nur einen Augenblick später begann die Vorführung. Zu den Klängen von »Who Let the Dogs Out?«, ergossen sich, wie in einer Sequenz kurz vorm Abspann, eine Flut von Hunden und Hauskatzen aus verschiedenen Geheimtüren über die Kunstrasenbühne, gefolgt von einem Schwein, einem Vogel Strauß und einer Reihe Enten. Die Hunde sprangen auf eine Wippe und katapultierten Miniburger aus Plastik in Richtung einer Herdattrappe. Die Katzen kletterten ein Seil hoch. Die Zwillinge waren außer sich. Einer der Hunde zog an einem Hebel und löste ein aufgerolltes Banner, auf dem in Fingernägel-auf-Schultafel-Schrift der Titel der Show stand: *Hier haben wir Tiere das Sagen!*

»Das ist ja wohl ein klassisches Beispiel für Hitlers Technik der großen Lüge, meinst du nicht auch?«, sagte Veganer in der Schwebe.

»Was?«, sagte seine Frau.

»›Hier haben wir Tiere das Sagen!‹ Haben sie nicht. Sie machen bloß … es stimmt einfach nicht. Ich find's furchtbar hier.«

»Pst.«

»Wir machen uns mitschuldig an einem weithin bekannten Albtraum.«

»Ich habe noch nie etwas Kritisches über die Kleintier-Show gelesen.«

Weil alle damit beschäftigt sind, diese ästhetisch-moralische Kalamität aus ihren Köpfen zu tilgen, wollte er sagen. *Gibt es Erlass für diese Art Erkennen?* Stattdessen sagte er: »Der Stör hat mir da vorhin fast den Finger abgebissen.«

»Jetzt ist es zu spät, glaub ich.«

»Wofür, für den Fisch, meinen Finger zu fressen?«

»Nein, für dich und den Fisch, um bei *60 Minutes* aufzutreten, weil der Ort hier ja durchaus schon vorher mal in den Medien war.«

Ein Showmaster im Baseballtrikot und mit Headset-Mikrofon erschien und begann die Kleintier-Show anzumoderieren. Irgendein gescheiterter Schauspieler, vermutete Veganer in der Schwebe. Seit sein Bewerbungsfoto in der Personalabteilung von SeaWorld gelandet war, war der Junge dazu verdammt, fünfmal täglich diesen unsäglichen Sermon abzuspulen. Er erläuterte die Kleintier-Olympiade, bei der die dressierten Hunde gegeneinander antreten würden, rief dann die Stars der Show namentlich auf und ermunterte die Kinder im Publikum, bei jedem noch so dämlichen Mätzchen zu klatschen und zu kreischen. »Unsere Freunde sind allesamt Rettungshunde«, erklärte er. »Bis zu ihrem ersten Auftritt bei ›Hier haben wir Tiere das Sagen!‹ trainieren sie beinahe drei Jahre lang, und ihr habt großes Glück, denn wir haben einen ›Hier haben wir Tiere das Sagen!‹-Neuling, der heute zum ersten Mal dabei ist, einen süßen kleinen Kerl namens Bingo. Ich möchte, dass ihr ihm, wenn ich ihn auf die Bühne rufe, dafür Respekt zollt, dass er zum ersten Mal vor ein Publikum tritt, und ich hoffe, dass ihr Bingo doll lieb habt und ihn nun ganz herzlich begrüßt …«

Bingo war ein Jack Russell Terrier. Er schien, so der erste Eindruck, durchaus reif für die Hauptsendezeit zu sein, überschlug sich zweimal, rückte dann mit einer hellroten Zange einem überdimensionalen Hydranten zu Leibe, was dazu führte, dass eine Wasserfontäne ein unbeteiligtes Ferkel traf und den Zuschauern in der ersten Reihe ins Gesicht spritzte, die vor Freude jauchzten. Er stand auf den Hinterbeinen, grinste breit und schlang dann die diskrete Belohnung von der Handfläche des Showmasters hinunter. Dann aber sprang der neue Hund von der Bühne, krabbelte über die beiden ersten Reihen hinweg und in die Arme von Veganer in der Schwebe. Dort fing Bingo an, wie besessen an dessen Kinn und Lippen zu lecken und zu knabbern, wobei das wirbelnde Gelecke immer wieder von winzigen scharfen Bissen unterbrochen wurde.

»Bingo!«, rief der Showmaster von der Bühne aus. Das nasse Ferkel ging zögernd ab, aus den Boxen kam allerdings noch immer gackernde Musik, was dem Ganzen einen Anstrich der Übermütigkeit verlieh. Der Hund wandte sich nun blindwütig seinen Nasenlöchern zu. Veganer in der Schwebe war unentschieden, ob all dies Teil der Show war oder nicht. Chloe und Deidre waren entzückt, streckten die Hände aus, um den Hund zu streicheln, der ihren Vater in den Sitz presste. Auch seine Frau tätschelte den Hund und Veganer in der Schwebe spürte, wie ihr Arm leicht seinen Bauch berührte, das erste Mal seit Monaten. Andere in ihrer Reihe wichen zurück.

Es war ihr einstiger Hund, erst gerettet und dann verlassen, ein zweites Mal gerettet und nun dressiert worden, der ihnen jetzt zurückgegeben wurde. Bingo, begriff Veganer in der Schwebe, war Maurice. Genau wie er hatte auch das Tier zwei Namen. Und es hatte ihn gleich erkannt und war von der Bühne gesprungen, um sich dafür zu entschuldigen, die Familie im Stich gelassen zu haben, den Mann und die Frau und die Zwillingsmädchen, die nun außerhalb des Körpers der Ehefrau waren, statt darin, dem Maurice zuletzt bekannten Ort. Der Hund war gekommen, um dem Alphatier seines ehemaligen Rudels seine Referenz zu erweisen. Mit seiner animalischen Schläue erkannte Maurice, dass Veganer in der Schwebe das Medikament nun nicht mehr nahm. Oder war der Gedanke geisteskrank? Er war geisteskrank. Der

Vogel Strauß war inzwischen aus seinem Versteck hinter dem Vorhang hervorgekommen und lief in Gänseschritten bis vor zur Bühnenkante, offenbar nicht auf irgendein Stichwort hin. Die Kleintier-Show zerfiel in ihre Bestandteile. *Ein Vogel Strauß ist kein Kleintier.* Die Untaten von Veganer in der Schwebe waren Legion, selbst wenn der Hund ihm, auf seine automatische Weise, Absolution erteilen würde, gerade wo seine Hände mit Truthahnsoße verschmiert waren. Seine Untaten schrien zu einem unermesslichen Himmel. *Nicht alles gleich global sehen*, sagte Irving Renker in seinem Kopf, während die rasende Zunge des Terriers sich in die Schwimmhaut zwischen seinen Fingern bohrte.

ANMERKUNGEN

Die Erzählung »Veganer in der Schwebe« erschien erstmals auf Deutsch bei The Short Story Project: https://www.shortstoryproject.com/de/story/veganer-der-schwebe/, abgerufen am 22. 08. 2019.

Auf Seite 146 finden sich Zitate aus folgendem Werk: W.B. Yeats: *Die Seeinsel von Innisfree*, Deutsch von Christa Schuenke. In: *Die Gedichte*. München, Luchterhand, 2005.

Das Zitat auf Seite 167 ist folgendem Werk entnommen: T.S. Eliot: *Gerontion*. In: *Gesammelte Gedichte*, Deutsch von Eva Hesse. Frankfurt am Main, Suhrkamp, 1988.